U0621817

独角马·中篇轻读文库

独角马·中篇轻读文库

仰头一看

林那北

海峡出版发行集团 | 海峡文艺出版社

目录

仰头一看

渔家姑娘在海边

仰头一看

一

　　天是阴的，雨在前一天已经下过，并没有立即再下一场的打算，但也不是太坚定，或者只是歇一口气，喘一喘，等过一两天攒足劲了，再拿点水分往地面洒。这就是初秋让人最舒服的日子了，风似乎都刚洗过澡，裹着一股说不清的淡淡香甜，脸被吹拂时，每个毛孔都张大嘴一口口吸着。

徐明噘噘嘴，把头向上举起。四十六年前初秋的这个阴天，他才九岁，眼睛很大，形状像两枚横下来的橄榄，眸子黑得出油，泛着星星点点的光，眼梢还宛若燕尾向上翘出一条柔和的线条。他姐姐徐华单眼皮，整天没睡醒似的眯缝着。妈妈林芬奇左右一比较，长吁一口气。徐明这样的眼睛放在女孩脸上，只能以妩媚来形容，一不小心就徐徐散发出狐狸精的气息，肯定会惹出一堆是非，放徐明脸上就安全多了。男人注重整体性，身高和气质才是取胜法宝，一定拿脸说事，鼻子挺不挺是唯一的评判标准，而眼睛一直不算重要器官，但既然眼睛好看了，也不多余。

徐明九岁时个子在同龄人中偏高，长胳膊长腿，脖子也长。他还有一个特点，就是好奇心重，学了"水滴石穿"这个成语，就端一盆水到楼下，双手捧起水，往石板上持续滴落，试一试会不会穿。个高本来是好事，正如眼睛大原本值得庆幸，好奇当然更是。人类所有的发明都建立在好奇的基础上，但在那个初秋的阴天，大眼、高个和好奇凑在一起，却几乎置他于死地。

那天晚上部队礼堂放电影，中学英语老师林芬奇本来要骑车带徐华和徐明去看，结果前一天发现英语小测一塌糊涂，一气之下她决定把全班留下来补课。天下电影那么多，反正看不完，就不看了。也就是说，傍晚放学，徐明本来直接回家，那就什么事都不会发生。没有了电影，徐明放学后到操场上打一会儿乒乓球，然后才往家走。从小学到军区宿舍得经过奋发路，五六百米长，两旁的樟树已经种了二十多年，树身经过无数次蓄意修剪，分别整齐地往路中央倾斜，枝丫和树叶在半空中密密麻麻交错在一起。这是一段没有天空的路，树梢离地面至少是十个徐明的距离。

路旁加了围墙的是市委机关宿舍，大门是拱形的，顶上有一颗粗壮的红星。徐明走在人行道上，看到拱形门前的夏伟伟了，还听到叮叮当当的声响，响声是从夏伟伟掌心发出来的。罐头厂用剩下的边角料压出麻雀、飞机、公鸡、蜻蜓等形状的小铁片，和爆米花装在一起卖，每包五分钱。爆米花不如糖果经吃，进嘴就化了，但包里有块铁片，这足以让人把有限的钱舍弃买糖果而买了爆米花。课间时，两人先锤子剪刀布，输的把铁片放地上，让对方用铁片摔。不是直接摔铁片上，而是砸旁边，两个铁片碰到一起就犯规认输，所以这需要技巧，靠得越近，冲击力越大，地上的铁片就越容易翻转过来，翻过来就赢了。夏伟伟其实不是本地人，父母都在江苏一家纺织厂上班，一个档车工，一个修理工，兄弟姐妹共七个，三餐都顾不过来，就把最小的夏伟伟送到叔叔这边。叔叔结婚多年生育不了，夏伟伟来了当儿子养，但婶婶据说很不喜欢他，打打骂骂，还严控叔叔把钱花到他身上。夏伟伟没有零花钱，他买不起爆米花，但臂力好，总是轻易就能把别人的铁片摔翻过来。今天又赢多了吧，所以抓在手心得意地捣来捣去。

　　徐明和夏伟伟关系谈不上好也谈不上差，碰到就一起很嗨地玩，碰不到互相也不会思来想去。他紧走两步，本来想喊一声夏伟伟。如果他喊了，夏伟伟应该会停下来，转过身等着他，那接下去一切就不会发生。可是还没开口，陈力力出现了。陈力力铁青着脸从旁边的树后闪出，估计早就埋伏在那里等着了。他们马上吵起来，每一句话都围绕着铁片，大意是今天夏伟伟从陈力力手中赢走的铁片都是靠下流手段，在铁片摔下的瞬间，巴掌同时着地，这就大大增加了冲击力，铁片是被这股力带翻的。两人课间交手时陈力力就发现这一点，马上就戳穿过，但夏伟伟不承认。陈力力输光了为数不多的铁片，整堂都听不进老师的一句话，越想越气，然后就早早溜出校门，不是为了回家，而是留在奋发路上，把身子贴在樟树后，等着夏伟伟经过。他让夏伟伟把赢走的铁片还给他，夏伟伟不肯。两人扯起来，身子粘到一起扭来扭去，脚下趔趄着。

　　这时徐明慢慢走近了，离他们只有五六步

远。他没打算帮谁，甚至也没想劝架。打架本来就很吸引人，两人都是他同班的，脸这么熟，就更有吸引力了。人行道上有一块砖坏了，一脚踩下，身子一歪，上身就很自然向下低去。待到他重新抬起头，脑子还是空的，脸向左上方微微仰了仰。上面有东西，不大，如果是晴天，阳光会把树叶打得半透明，那么飞行中的东西，就会显出形状。但天一阴，叶子就跟着暗了，这时候一块不大的飞机状铁片闪过，它的形状就似是而非。

后来才知道陈力力要抢夏伟伟手里的铁片，夏伟伟抓牢不放。夏伟伟手臂有力，但陈力力更有劲。两人揪住互相扭着，如同发动机被摁下马达，每一下都是加速度。突然陈力力把夏伟伟捏住铁片的那只巴掌往上重重一拍，夏伟伟受惊般松开巴掌，十几个铁片像从一张怪兽嘴里喷出，在空中划出不同弧线，扑向徐明。徐明四周水泥板叮叮当当响起，飞机形那个却没响，它没有砸到地面，而是直接扑进徐明眼睛。

眼黑了一下，是左眼，徐明脱口叫起，然后蹲下，双手捂住脸，头插到两膝间。

半个小时后，他被小学老师用自行车送进附近的市一医院，然后老师拨通中学校长办公室的座机，林芬奇赶来，摇摇晃晃跑进急救室，一把抱住刚用白纱布做过简易包扎的徐明，哗的一下，张大嘴。徐明吓一跳，从来没有人这么近地对他哭。哭原来这么丑陋。一个多小时后父亲徐刚健才来，把他转到部队医院去。穿军装的人，对部队医院总是更信任。

眼破了，飞机状铁片最尖的部分，差不多是横着切过他眼球，球体正中央裂开，长度不大，但伤口恰好在瞳孔上。医生在瞳孔左右两边各缝两针，瞳孔却没缝，让其自然愈合。倒是合上了，但留一个米粒大的白点，按林芬奇的猜测，可能是里头的晶体流出来，凝结在那里。

一个多月后徐明出院时，林芬奇皱着眉走得像舍不得离开。到大门口，林芬奇把徐明右眼捂住，指着医院大门上的字问他："写着什么？"徐明摇头。其实林芬奇问得多余，医生早就告诉她，徐明左眼视力丧失，只剩下隐约光感。她无非抱着侥幸心理，徐明一答，她眼睛就湿了。徐明脸无表情，主要一时之间他不知该有什么表情，他的表情已经跟左眼视力一起，从脸上逃走了。

整个世界还是完整的，可徐明却只能微微侧过脸，慢慢习惯用剩下的右眼看东西了。

二

徐明和夏伟伟、陈力力都是 1966 年出生的，月份也差不多。事情发生后夏伟伟就被叔叔送回江苏，陈力力参加高考，考上外地什么大学。高考跟徐明无关，连高中他都没上，初中离毕业还有一个月，红星通讯修理厂招工，招的都是部队子弟。也不是所有部队子女都招得进，至少得高中毕业。徐明不够格，但林芬奇怕以后未必再招。这事徐刚健认为有不正之风嫌疑，他不管，也反对林芬奇管。林芬奇哪里听得进去，她到处跑，在很多领导面前说徐明眼睛，边说边伴着众多眼泪。从前许多人印象中非常清高的林芬奇老师，突然变成另一个人，头发蓬乱，声音颤颤，一开口就一脸涕泪。她这副形象多少让人震惊，这一惊，就惊出效果，徐明因此被招进红星厂。即使不去，其实高考仍然跟他无关。九岁初秋那个阴天后，他除了住了一个月多医院，后来又三天两头请假，接着干脆休学一年，一年到了觉得不够，又休了一年。徐刚健但凡去北京、上海、广州这样的大城市出差，都把他带上，托人找医生瞧瞧，看能不能动手术换晶体，让视力得以恢复。据说现在这已经不是大问题了，跟白内障手术有点类似，但那时谁都摇头。学校很快习惯了徐明请假，徐明自己更习惯，动不动说眼睛难受，林芬奇就明白他不想上学，很配合，说："好，那就别去了。"

接着总要再骂一句："什么破学校！"

徐明觉得徐刚健对他眼睛的反应远没有林芬奇大。在病床边照顾徐明，林芬奇一急得骂起，徐刚健就冲她摆摆手，小声说："都是孩子嘛，又不是故意的，计较什么？"林芬奇哭腔就出来："我们徐明也是孩子，他以后可怎么办啊？"徐刚健紧张地看看左右："谁都不愿意这样，但已经这样了，你闹有什么用？传出去不好。"

徐明很久以后才知道那时徐刚健被提为副团长不久，正对自己职务十分受用，做好团长、副师、正师一路上升的眺望，他认为高风亮节是必要的，所有人的形象都是靠自律一点点建立起来的。"这里是部队医院！"这是他当时最常凑近林芬奇耳边提醒的话。在部队医院里，当时部队家属看病是免费的，也就是说徐明住在这里，除了吃，其余都不需要花钱。受了伤，纯属意外，那就治呗。夏伟伟的铁片是被陈力力打飞的，但陈力力的手并没有碰到铁片，他打的是夏伟伟的手，责任因此就不好算了。如果要赔偿，夏伟伟父母肯定拿不出钱，他叔叔也不可能背这个债。至于陈力力，他家更穷，父亲以前是搬运工人，一天夜里喝点酒回家被汽车撞倒，腿骨被车轮辗碎，车跑了，他没钱，到医院草草治一下，没治好，路都走得一瘸一拐，再也扛不动货，一直在家歇着；母亲是扫马路的，赚的钱还不够一家人糊口。

徐刚健和林芬奇都有工资，确实比他们家境好，至少三顿饭菜不至于愁，穿衣买鞋也大致有保证。但那都是之前，徐明眼睛伤后，林芬奇一下子捏紧了钱包，饭桌上肉少了，鱼不见了，衣服太短了接个边照样穿。

祁小燕后来一直对这件事叨个没完。哪有伤了人却不要人家赔的，二百五啊？责任是谁就是谁，陈力力打了夏伟伟的手，铁片从夏伟伟手里飞出去，那两个人就是同谋了，管你穷不穷，反正都得赔。祁小燕说："你爸你妈太傻了，就是缺心眼！"

徐明叹口气，不完全同意，但也不是一点认同都没有。副团长军装上已经有四个口袋，跟夏家和陈家这两个老百姓公开较劲确实不太方便，但脱掉军装冲上门去，至少横七竖八骂一顿，顺便把他们家的碗摔碎一两个，好歹发泄一下作为父亲应有的愤怒。什么都不说，都不做，连个道歉都没有讨来一句，好像徐明只是被蚊子叮一个包，这算什么？升官当然好，但徐刚健最后转为文职，职位也仅相当于副师。副师多如牛毛，多一个少一个都不稀奇，但徐明多一只眼和少一只眼，却完全不一样。

　　也只有像红星维修厂这样的工厂才不在意徐明的眼睛。但是很奇怪，祁小燕为什么也对他眼睛不在乎？这是徐明不明白的。他进厂时，祁小燕已经在厂办上班一年，做着收发信件，替客人倒水这类轻闲的活。她其实不是部队子弟，老家在离这座城三百多公里外一个盛产茶叶的村子，传说前厂长去村里出差，喝了几天好茶，认下一个干女儿，就是祁小燕，眨眼祁小燕就出现在红星厂办公室了。有人怀疑不是干女儿这么简单，但也仅是怀疑而已。收着信倒着水的祁小燕对谁都像对前厂长一样好，脸上浓厚的笑意可以融化红星厂每一块砖，张口就是哥长叔短，姐呀姨呀地叫，声音又柔又甜，大家慢慢心里就将平整了，甚至觉得再对她说三道四很无耻。

　　见到徐明第三个月祁小燕就开始倒追，这让徐明吓得不轻。他接到祁小燕写给他的信，约他看电影逛马路，又给他买衬衫、皮凉鞋之类的。徐明那时还小，祁小燕比他大三岁。回家徐明在饭桌上怯怯聊起这事，林芬奇马上放下筷子，眉头拧起片刻，一字一顿地说："可以！"边说边往徐明左眼瞳孔上瞥一下。徐明只有一边视力，算半残疾，祁小燕虽是农村的，父母大字不识，下面还有两个智力不全的弟弟，但她手脚齐全五官正常，脑子也一点毛病都没有。林芬奇的"可以"，指的就是把她娶进门不亏。

　　几年后徐明真的就跟祁小燕结了婚，生下儿子取名徐平安，眨眼三十岁了，五官像祁小燕，个子却像徐明，一米八六，腰瘪瘪的，背向前躬去，看上去就像半截细长的括号。儿子一天天长大，祁小燕的埋怨就一天天增加，她认为如果当初拿到赔偿，哪怕仅三千五千，那时钱值钱，一套房子才多少？用一只眼换一套房，也不过分，那样徐平安结婚时，也能有自己的新房。现在什么都没有，一只眼等于白白坏掉。

如果徐刚健活着，还能补贴他们一点，毕竟部队工资高。徐明和祁小燕也在部队，但只是工厂工人，而且祁小燕前几年五十岁，已经退休，退休金每个月四千多。徐明还没退，也只是名义上在岗而已，工厂早废了，每月只拿到基本工资，比祁小燕的退休金高不了多少。两个人加起来每月收入上不了一万，这点钱孤立起来看，也够日常开销，但一比较就不够了。

跟谁比呢？跟夏伟伟和陈力力。

三

徐明住院时，夏伟伟和陈力力一次都没出现，他们家长明显约好了各自写封慰问信，夸徐明是勇敢的好孩子，未来肯定是前途无量的国家栋梁之材，好好休息，病好了广阔天地大有作为。林芬奇一下子把信撕碎，狠狠摔地上，吐几口痰，再用脚掌拧几下。尽管不是故意的，可徐明眼睛毕竟被弄破了，作为肇事主，他们来医院看看，当面道个歉，又不是多难，为什么却不来呢？

因为休学两年，徐明眼睛受伤后，回江苏的夏伟伟就见不到了，陈力力变得比他高两级，他也见不到。上初中后更没见到，也许陈力力去了另外一所中学，或者远远见到徐明，就早早躲开，反正徐明视力没他好。徐明那时也特别不想见他们。一开始他没意识到自己不想，直到姐姐徐华要出嫁的前一天，一家人围着吃饭，徐华盯着徐明看片刻，突然把筷子往桌上重重一搁，说："好好的一个人，成这样了！"

当时祁小燕已经住进家里好一阵了，是林芬奇一开始就故意弄出各种借口，让祁小燕早早来过夜，显然要把生米做成熟饭。家里只有两房一厅，之前徐明睡在客厅沙发上，林芬奇逼徐华和徐明对换一下，也就是徐华睡沙发，腾出来的次卧让徐明和祁小燕住一起。徐华挺不高兴，她一个大姑娘，因为一个外来的陌生女孩，就得搬离自己从小住到大的房间，每天把身体摊在沙发上，再也没隐私可言。林芬奇反驳她不满的武器就是一句话："那你快找个人嫁掉呀。"

徐华二十二岁嫁给小学老师王明胜。论脸蛋，王明胜配不上徐华，单眼皮的徐华，小时候老是让林芬奇不满，但慢慢长大后，发现单眼皮安在鹅蛋脸上，跟高鼻梁和小下巴真是绝配。可惜徐华的身材不配合，只有一米五五，再高十公分，去当电影明星都够格。徐刚健和林芬奇都不矮，徐明最后长成一米八二的高个，徐华却从十一岁起，就不怎么往上长了。她十一岁时，徐明九岁，左眼被铁片划裂，在医院住一个多月。这一个多月，以及后来的十几年，徐刚健和林芬奇仿佛就只剩下一个孩子了，他们轮流去医院陪徐明，后来又带徐明去各地医院。徐明眼睛出了这么大事，一门心思往上扑，徐华也不是不理解，但她又不是圣贤，不高兴是正常的。有时候徐刚健和林芬奇离家走得匆忙，连钱都忘了留点，到了北京或者上海了才记起。幸亏部队通个话方便，徐刚健的战友找上门，把哭得快别过气去的徐华领去住几天，徐华要是不去，他们就给点钱、捎些菜，让她囫囵吞枣对付着。

"好好一个人，成这样了！"徐明听出来了，徐华说这话有多重意思，最核心的问题归结到他的眼睛。那个阴天，他从学校打完乒乓球，走在两旁种着大樟树的奋发路上，正要回家，铁片飞来了，划过眼睛，眼球破了，在医院住一个多月，缝了几针，但一边视力没了，成了残疾人，其实这个家也残疾了，否则徐华不至于这么匆忙就嫁给长得那么难看的王明胜，鼻子塌，嘴巴宽，比徐华还大了八岁，结婚时大半个脑袋已经秃了。徐明就是在这一刻突然想起夏伟伟和陈力力，只是一闪而过，但身子马上紧了一下。他垂下眼皮盯着自己的胳膊，上面变得非常陌生，像鸡褪毛后密布着一个个浮起来的疙瘩。"真是受够了！"徐华猛地站起，扭头走进厨房。家里没有属于她的房间后，她只剩下厨房。以前三顿饭菜林芬奇做起来绰绰有余，但徐明一住院，厨房的主人就从林芬奇变成徐华。十一岁的徐华在小小的厨房里慢慢变大，终于熬到可以出嫁。

当时徐明发现祁小燕正瞥他，想跟他对视。他把脖子梗住，脸就是不转过去。他不需要跟谁对看。夏伟伟和陈力力有姐姐吗？出嫁了吗？徐明一点都不知道，他甚至都记不得他们长什么样了。

他知道夏伟伟的消息是去年，也就是五十四岁时。那时他和祁小燕带着儿子刚搬到新房，房子所在的小区叫大成江山，是林芬奇出钱买的，三房一厅，有电梯，每幢四十层，他们家在第十六层，连装修也是林芬奇出钱出力，整天灰头土脸地跑前跑后，家具都配齐了，连车库和小车都买好，徐明一家三口才直接入住。有一阵林芬奇明里暗里收学生补课，英语嘛，怎么补都不见底，多收一个是一个，中午、周末、傍晚，她骑着自行车去这家跑那家，赚到的钱一分一厘攒着，最后变成这套房子。幸亏早买，再迟房价涨起，而林芬奇岁数大牙一掉，发音不准，新教材又跟不上，就没人付钱请她了。

"哎呀徐明快打开电视，本市一频道，对，新闻台，晚间八点新闻，快点快点！"林芬奇在电话里气喘吁吁地说。徐明"噢"了一声，并没有动。林芬奇的声音以前被讲台弄大了，现在改不了。"你不要光'噢'，快打开电视！"林芬奇加重了语气。徐明想你倒是说呀，电视里到底有什么。他不喜欢电视，林芬奇又不是不知道。按他的意思，家里根本不必装电视，反正他又不看。他只剩下右眼视力，世界就不再是三维的。静态的东西还可以，一旦动起来，眼睛没法对焦，就好像一个人本来两条腿走路，突然丢了一条腿，剩下的那条勉强也能走，但可想而知完全不一样了。反正电视也没什么好看，别人的新闻，别人的故事，安在那里，祁小燕看连续剧，儿子看足球赛，根本轮不到徐明，轮到他也不看。

他打开电源，抓起遥控器，按来按去找不到本市一套。话筒里林芬奇还在催，急得跟着火似的。他转过头朝厨房里喊："小燕，来一下。"祁小燕正收拾晚餐后的碗筷，半晌才慢吞吞出来。徐明先把遥控器递给她，马上又把话筒也一并递过去。

祁小燕"喂"了一声，眉头很快皱起，然后像被人按了快进键，手指头在遥控器上哗哗跳动，屏幕上很快就出现一个男人的画面。祁小燕话筒还压在耳朵上，脸转过来盯着徐明，努努嘴，紧着嗓子问："他是不是夏伟伟？"

徐明一时间没反应过来，他看看祁小燕，又看看电视，不知道里头这个人跟祁小燕有什么关系。

"快说，他是不是夏伟伟？"祁小燕提高了嗓门大声喊起。

"妈，他还晕着哩。"这话祁小燕是对话筒里的林芬奇说的。

话筒很快就射出一声尖叫。祁小燕把话筒拿远一点，她盯着徐明说："妈问，这个人是不是当年弄伤你眼睛的夏伟伟？"

徐明脑袋嗡了一下，脸马上转向电视。里

头正在开会，镜头拉大时，上方的横幅标语写着是市人大闭幕，主席台上一个男人正站在左边发言席上读着稿子，微胖，中等个，细眼，三七开的分头梳得极其工整。可能读的时间有点久了，稿子已经翻到最后一页，读完，他长吁一口气，下面掌声顿起。他走出来，对台下鞠个躬，又转过来对主席台再鞠个躬，然后走到自己位子坐下。刚才屏幕上打出字幕是夏伟伟，这会儿坐到前排正中央位置时，桌牌写着的也是"夏伟伟"。

这个夏伟伟就是那个夏伟伟？徐明没把握，他完全联系不起来。

"有他以前的照片吗？"徐平安不知什么时候从自己屋里出来了，头伸到电视前看着。

徐明摇头，没有。徐平安说："合影也行。"

徐明还是摇头。那时照相机还没普及到小学生头上，哪有合影？他盯着徐平安后背，觉得奇怪，儿子对家里的事从不过问，整天关在屋里闭紧门，这会儿怎么突然有了兴趣？

第二天一大早祁小燕出门了，徐明以为她照例去公园跳广场舞了。快中午祁小燕才回来，一进门就冲着徐明喊："真的是他，就是你那个同学夏伟伟，他当市长了。"话音未落，电话响了，是林芬奇打来的。"徐明啊，就是他，弄伤你眼睛的人居然当上市长了，你说巧不巧？"

弄伤徐明眼睛的人，林芬奇以前每次说起都恼火，恨不得提刀扑过去，这会儿话语里却透着一点喜气。联想到刚才祁小燕进门时的表情，徐明相信这两个女人在这件事上，情绪是一致的。后来祁小燕说起来他才知道，不仅两个人，加上徐华，应该是三个女人。祁小燕找林芬奇，林芬奇和她一起找徐华，然后徐华逼他老公王明胜找在市委办公厅工作的同学打听，问到的情况如下：夏伟伟考上南京大学，毕业后留在江苏工作，读了在职研究生，从乡镇做起，一步步升到厅级，然后调来，先当代理市长，再正式被选为市长。小时候他曾在这座城市短暂生活过，算衣锦还乡。

祁小燕突然说："徐明，你应该去找找这位同学，是他把你眼睛弄半瞎的嘛。"

徐明在客厅沙发上缓缓坐下，闭上眼，心跳咚咚咚响着。市长，夏伟伟居然是市长了，这太意外了。

四

就是在得知市长夏伟伟就是小学同学夏伟伟的第二天，徐刚健体检报告单出来，肺癌晚期。过六十岁之后，别人动不动就往医院跑，徐刚健相反，他不去医院。部队医院跟以前不一样，已经对地方开放，每天乌鸦鸦地挤满人。没病都会被挤出病来，这是徐刚健的看法。其实不挤病也照样来，他咳了很长一段时间了，气喘不匀，走几步就得歇下，被林芬奇拉去查，报告一出来医生让他马上动手术。

徐刚健和林芬奇还住在原先部队分的两房一厅老房子里，五楼，没有电梯，每天得爬上爬下。大成江山这套新房子，徐华认为应该让父母住，老人有电梯毕竟方便，但林芬奇不肯。老房子是砖混结构的，顶上架着预制板，据说五级地震都够呛。林芬奇认为年轻人的命更值钱，他们上年纪了，真要撞上，死就死呗。徐华当时撇撇嘴，脸拉得老长。

徐刚健动了手术。其实也没用，拖了一年多还是死了。从火葬场回来，徐华在老房子边帮忙收拾东西，边忿忿地说："我爸说不定是爬楼梯累死的。"

屋里一下子静下来。

林芬奇已经哭了两天，主要哭之余还得操心所有的后事。这会儿累了，正闭眼靠在客厅沙发上养神，听到徐华的话，她眼猛地睁开，又很快闭上。当时徐明和祁小燕也在，祁小燕用脚尖踢了踢徐明，徐明没理她。徐华是他姐姐，这是他家内部问题。徐华不缺房子，当年她嫁给王明胜，就是因为王明胜家老房子大，后来拆迁分到四套单元房。王明胜有一个弟弟一个妹妹，弟弟妹妹各分一套，王明胜是长子长孙，就多分一套，一套自己住，一套出租挣钱。但不缺是不缺，父母给徐明买房，却没给徐华买，徐华心里不舒服不是一天两天了。文化课她比徐明强，但也没强太多，只是高中毕业。如果林芬奇能像为徐明招工时那么不要命地托关系，她个子矮是矮点，进部队当兵也不是绝对不可能，但林芬奇把所有能找的人已经为徐明都找过了，轮到徐华，无论是否求得动，又重新清高，谁也不求，想都没想过去求人。徐刚健关系比林芬奇多，但徐刚健脸皮太薄，前些年他出差时顺便带上徐明去治病，被人举报了，说假公济私，进步的事就停下了，几乎被焊住，很多在要害部门任职的上级，都是他以前的下级，他最沮丧的就是这一点，所以根本不想出面。"不要搞不正之风。"他还是这句话。徐华于是下乡当了知青，几年后招工进市橡胶厂，八十年代中期下岗，在家闲着，终于捱到有房租收入，手头才松下来。

　　徐刚健从发病到死去这一年多，跑医院的基本是徐华。徐华的女儿大学毕业后留在上海工作，所以她平时除了打麻将，也没其他可忙的。有时她懒得动，在电话里冲林芬奇喊："又叫我去，你不会叫徐明去？"林芬奇马上用更大的声音顶回去："他只有一只眼，你呢？你也残废了？"徐明倒是主动提出自己也可以去医院顶一顶。林芬奇马上说："你要上班她不要上班。"徐明悄悄叹一口气，心里知道林芬奇是故意的，她不是不知道红星维修厂的情况，还有什么班可上呢？挂在车间门后面的签到本早被人当草纸撕光了。

按说祁小燕也退休了，可以帮徐明跑跑腿，但从一开始林芬奇就不让祁小燕做事，舍不得似的，其实是怕她做着做着一恼火就把徐明蹬掉。这也是徐华一直介意的。一个外人住着林芬奇花钱买和装修的房子，亲生女儿却当牛做马。

徐明理解徐华的想法，换他应该也会这样，但理解是一回事，试图改变又是另一回事。一直以来，他从来没有动过改变什么的念头。林芬奇说招工，他就去了；徐刚健带他去外地看医生，他也去了；再就是林芬奇认为跟身体健全的祁小燕结婚很合算，他二话不说就结了。
九岁以前他肯定不是这样，他手脚长，体育老
师挑乒乓球人才时，还把他算在内，大概七八
个人站一起，体育老师若无其事边说话边向前
走，突然一转身，扔出几个粉笔头，其他人都
条件反射地闪开了，只有徐明没动，粉笔头直
接击中他脸。反应能力不行，身体协调性差，
就这两点，就不适合乒乓球。可是徐明真是太
喜欢乒乓球了，白色小球一来一往噼噼叭叭的
脆响，简直是天下最美妙的声音，他就自己每
天后裤腰带上插一块球拍，有空就冲去操场上
练。反应能力而已，他觉得完全可以练出来。
但还没等练出来，铁片划过他眼球，证明他反
应能力确实不好。出院后他只拿过一次乒乓球
拍，发现更不好了，不是一般的差，球冲过来
时，他靠仅剩的右眼根本无法对焦，哪还看得
清楚？眼球一破，一切都不一样了。

　　徐华在主卧里收拾徐刚健遗物时，徐明和
祁小燕跟林芬奇一样，整个身子窝在沙发上。
祁小燕看手机，徐明看窗外的云。云也是动

的，但变化不大，缓慢柔和地变，仿佛正是为徐明这样眼神不好又需要持续锻炼的人存在的。大成江山的新房子买在十六楼，装修时林芬奇特地在朝南大阳台弄出五六平方米的小空间，侧面用磨砂玻璃推拉门隔断，正面也围起来，从栏杆到天花板立起一面贴有3M防晒膜的大玻璃，再以格子状的白色铝合金固定住，安了空调，摆一张深褐色的牛皮大沙发，旁边搁个小茶几，再放张小矮凳，这样徐明大部分时间都可以摊手摊脚躺在那里看云。只有晴天才有边缘清晰的云交错上演，所以几十年来他都喜欢晴天。天一阴他就浑身毛孔都缩紧了，他讨厌阴天。

林芬奇看来累坏了，徐刚健病这些日子，她瘦了很多，却并没有想象的悲伤。徐刚健前天死了，昨天很多亲友来吊唁，今天送去火化，一切处理得紧凑利索，都是林芬奇自己一手操办的，她永远不相信别人能办得比她好，二十岁是这样，四十岁是这样，现在八十三岁了还是这样。

　　主卧里不停传出响声。徐明走到门旁，见徐平安在徐华边上走来走去，就也凑过去。有本相册装的都是徐刚健和林芬奇年轻时候的照片，其中有几张是徐刚健在上海或北京，他的旁边站着瘦削的小男孩，就是徐明。徐平安把照片从塑料套里抽出来，摆平了，一张张拍照。徐华问他："以前没见过吗？"徐平安摇头。徐华又问："拍这个做什么？"徐平安说："玩。"

　　徐华把徐刚健的衣服一件件清出来，摸过口袋，准备抱下楼烧掉。这时林芬奇喊起："徐华，来来来你过来。"顿一下又喊："徐明，你也来。"

　　徐明就放下相册，从主卧出来。

　　"你爸其实是没用的人。"林芬奇摇着头，"我也没用，这一辈子我都听他的。那年他要装高尚，我也只好装了，可是这一口气我几十年都没顺过来啊。是眼睛啊，又不是哪里破个皮……"

　　徐明抿抿嘴，他觉得父亲刚死，母亲就在

背后说坏话不妥。

"这些日子被他这一病，差点误了一件事了。我心里其实一直惦记着，只是腾不出空来，年纪大了，精力实在不够花。哎，徐华，"林芬奇看着站在旁边的徐华，"你让王明胜的同学转个口讯，让夏伟伟来我们家坐坐，我要见见他。"

徐华瞥一眼祁小燕，祁小燕抬起头，嘴咧了咧，轻微一笑。徐明没看懂祁小燕为什么笑，这日子本来不适合笑。

徐华说："妈，这么多年你一直说我爸是窝囊废，我跟你说，王明胜才是真正的废物。上次找在市政府办公厅的同学打听夏伟伟情况后，他吓得吃了十几天安眠药。还敢再托口信？要敢托，小燕早让他托了。小燕提了酒和茶跟他磨了多少遍，还是一点用都没有。不是不愿意，是借十个胆他也不敢了，他不是这个料。"

徐明和林芬奇刷地一下，同时把脸转向祁小燕。

祁小燕反复打算找夏伟伟，徐明一点都不知道。

五

徐刚健第一次见祁小燕就摇头。"跟我们不是一路人啊。"他一这么说，林芬奇就急了："什么跟什么呀，人家不嫌我们就好啦！"徐明当时垂下眼皮。他只有一只眼，他知道林芬奇指的是这个。徐刚健指的是什么，他不太明白。得有个老婆，老婆有了得再有个小孩，人生不过如此。但祁小燕究竟是哪一路人呢？这个问题有时会猛然闪过，但他懒得再往下琢磨。他眼睛破了，一眨眼大半辈子就过去了，他已经习惯了是祁小燕的丈夫、徐平安的父亲这样的角色。习惯是个好东西，身心都因此放松下去，过一天是一天。

祁小燕也习惯吗？他不知道，没问过。两人间的对话其实一开始就很少，就像两根并排竖在操场的旗杆，在别人眼里是一体的，其实却各自站立。唯一重叠的是在同一张床上，还联手制造出徐平安，但细想起来仿佛钥匙插锁孔，彼此也不过如此一下而已。徐平安高考两次才考个三本，学新闻，毕业后去当地都市报应聘，当了跑时政新闻的记者。报社搞末位淘汰，上稿量最少的每半年开除一位，徐平安第一次就轮到了，也就是说他只上了半年班，就迅速成为末位。稿子他不是不会写，时政的新闻每天都上头版，接二连三的会议通常人家早备好通稿，去了拿回，按上个"本报记者"就不愁工分了。问题在于徐平安对开会有看法，他懒得去，就有其他人抢着去。祁小燕气不过，哪能这么对待一个老实本分的年轻人？她这么一说，徐平安嘴角一扯，一脸都是不服，喃喃道："老实个屁。"

　　大成江山小区旁边有个全市最大的公园，林芬奇看中的就是这个。大前年交房，装修，又透气大半年，去年初徐明一家三口才搬过来。他们房子装修时，大成二期开建，住进来后三期也动工了，都围着公园C形展开。之前传说市里本来要把公园再扩大，最后没扩成，预留的地都被地产商拿走了。又传说地铁本来并不经过这里，也是地产商让地铁拐道了，报道出来的理由是为方便市民上公园，地铁站就设在大成江山三期门口，房价立马蹭蹭涨了几波，连一期二手房价格也跟着上跳一大截。

公园有空地，空地如今都不可能白白空着，只要不下大雨，每天早晚都有穿着花花绿绿、挂着鲜艳长纱巾的女人在那里高声放出音乐，起劲地跳来跳去。年轻时她们只能远远看别人在舞台上跳，现在不需要舞台，有块十几平方米以上的草地就行，水泥地也行，可以从藏舞、蒙族舞、新疆舞，一直跳到古典舞。不过举个胳膊蹬个腿，她们觉得自己会。

徐明不知道祁小燕是怎么混到其中的，她突然变成一名文艺妇女，家里就多出歌声，不是她唱，而是手机里反复播着视频，她坐着站着都盯着看，冷不丁就手一举比划几下，再转两圈，连煮菜做饭都可能突然屁股一扭，弄出个造型。时代真是进步了，以前跳舞是件多高不可攀的事，哪怕像林芬奇这样，读大学时曾在几千几万人马中放声唱歌，被掌声热烈包围过的女人，要让她到演出场地以外的地方扭动身姿，都是不可能的。按林芬奇的说法，没有舞台，就是裸跳。胸罩三角裤不是也把该遮的都遮住了吗？但穿出去逛街，是不是让人笑掉大牙？道理是类似的。

对动起来的东西，从九岁那个阴天起，徐明就下意识地避开，所以祁小燕手脚一动他眼皮就像被烫了般垂下，或者转开脸，这样他打量祁小燕的时间就比以前又少了大半。

祁小燕要王明胜帮她找夏伟伟，王明胜怎么都不敢。舞友就给祁小燕出主意，让她打市长电话。祁小燕果真就打了一阵，但每次接电话的都不是市长。对方问她反映什么事，她支吾一下，就把电话放下了。受打电话启发，她开始写信，然后在图文店打印了一大叠，一周寄出一封，没有回音再寄下一封。

徐明对家里的东西从来不细究，就是一只大象戳在那里，他一般也不多看一眼。眼睛不好，他得省着用。打印回来的那些信，祁小燕一大意，就随手扔在沙发上。那天徐明从阳台进来，恰好一阵风也跟进客厅，掀翻沙发上的纸，一张张落地上。徐明走过去，脚踩着纸，然后坐到沙发上。屁股下还有纸，嘎叽嘎叽响，他伸手抽出，往旁边甩去，然后猛地就停下了手。他右眼看见"夏市长您好"这几个字了。

当时祁小燕正在厨房准备晚饭，徐明一扭头，把她喊出来。"你都写了什么呀？"他很恼火，事情不能这么做，而且瞒着他。结婚以来家里大部分事都是祁小燕处理的，不需要跟徐明商量，徐明不听，不理，不管。但这件事毕竟不一样，信是以徐明名义写的，却瞒着他。"夏市长您好，我是徐明，以前是您在奋发路小学的同班同学……"信里没提到眼睛的事，这件事过去这么久了，当时也没道歉，夏伟伟还会记得吗？

徐明早就不是个好奇的人了，但这会儿他突然有了点兴趣，他问："他回信了？"

祁小燕迟疑一下，摇摇头，说："没有，

电话也没打。"

祁小燕在信里写了自己家的住址，还写上她自己的手机号，而不是徐明的。徐明对这个细节在意了一下，他想不明白以他名义写的信，却为何不留他的电话电码。他问："你是不记得我手机号吗？"

祁小燕两肩一耸，反问道："你看手机吗？你手机随身带吗？以前给别人电话你哪次不是留我的手机号？"

徐明想想也对，但问题是留你的手机号，人家也不打来啊。他已经不愿意在这件事上争论下去了，任何人任何事他都不争。他说："以后信别寄了。"

祁小燕把那叠信从徐明手中抽回来，转身进了卧室。

林芬奇很快也知道这件事了，她打电话来问信具体怎么写的。祁小燕不在，电话是徐明接起的。林芬奇说："你去把信拍个照，发微信我看看。"

徐明忽然想起徐刚健。活着时，徐刚健智

能手机不会用，上街买菜必须用现金。"都像你们这样，再要执行'三大纪律八项注意'，你们说说看怎么办？钱都看不见，不拿群众一针一线怎能说得清楚？"这话徐刚健说得甚至有点生气。林芬奇其实微信支付也不会，但她至少会用微信语音，图片也懂得点开看。同样是老人，林芬奇还是不一样的。

徐明说："妈，我爸刚过世不久，你好好歇一歇，别管这事了……"

林芬奇打断他，说："他刚死我更要管这事。他都死了，他儿子眼睛被人伤了的账都还没有算哩。以前是他拦着我，现在他死了就没人拦。这个夏伟伟，我得找找他。他是市长了，市长也是人嘛，也会伤人。无论有意还是无意，反正事实摆在那里，他想耍赖不可能。唉，跟你说有什么用，一会儿我问小燕去。"

徐明把话筒放下，悄然长吁一口气，然后用巴掌从眼眶的左边拉到右边。以前老听人说眼睛左右是相通的，这边有什么问题，另一边也一定会出现相应的问题。他暗暗捏了把汗，左边视力没了，右边如果再没有，他就是瞎子。祁小燕肯去跳广场舞锻炼一下身体倒也好，他万一真瞎了，以后一切还都指望她哩。但其实这么多年右眼的视力并没有怎么改变，不如以前了是肯定的，但哪个渐渐上年纪的人，不是眼睛渐渐不好使的？每年体检他都略去查视力这一项，不查了。前些年徐刚健还催他去问问医生，看能不能动手术，他不问。九岁起，他不得不慢慢习惯以右眼独览，如果手术成功了，他不知道该怎么重新同时使用两只眼球。

　　第二天早上六点多，祁小燕照例要去公园。晴天在空地上跳，雨天她们缩到自行车棚里跳，不跳是不可能的。广场舞居然能被女人当鸦片，真是不可思议。每天祁小燕都早早去公园，从不迟到。每天去她都要化妆，穿得也越来越花哨，紧身上衣、长裙、纱巾，马尾巴束得高高的。据说有很多早练的人围观，围观的人越多，祁小燕和同伴越觉得自己跳得好。她们的共同点就是，每个人都认为自己最风姿绰约。

　　祁小燕一走，徐明也马上从床上翻下来。人把身体横下来跟地球平行，真是最舒服的，刚生下来是这样，死了也这样，这么一想，出生和死去原来是人生最舒适的两个阶段。今天徐明不打算舒适下去，他趿着拖鞋开始拉每个抽屉，打开每个柜子。家里有电脑，但没有打印机，祁小燕会打字，但无法把信一封封打印出来。那一叠文印店打印回的信，他记得祁小燕从他手里抽走，然后就进了卧房，可是卧室里没有。

　　房子一共三间，朝南的主卧他和祁小燕住，朝东南面的次卧儿子住，朝北的客房也放了床，装修时林芬奇是准备自己和徐刚健偶尔过来住的，其实一天都没来过，就成了储藏间，什么东西都堆进去。徐明也进去找了，一遍，没有，再找一遍，还是没有。

　　儿子的房间他没进去。离开报社后徐平安一直不再找工作，每天迟迟睡再迟迟起，中午出来吃一口饭又关到房间里，一般都反锁着门，好像跟自己房间焊到一起了，一步都舍不

得离开。忙什么呢？不知道，祁小燕曾贴在门
上听过，没听出什么。屋里电脑似乎二十四小
时都开着。写文章？不是；看别人写的文章？
应该也不是。除电脑外，他最迷恋的是手机，
华为一部，苹果一部，总是不离手，动不动就
拍照或录视频。独生子女这一代真是奇怪的一
批人，可以天天自己跟自己玩，挣钱不急，找
对象更不急，除了电脑，其他什么兴趣都没有，
需要的东西就网购，包裹直接送到家门口，连
街都不用上了。

　　林芬奇一直叨叨这样不行，一点本事都没
有人就废了。祁小燕整天上人才网找招聘信
息，但没用，徐平安不去应聘。徐明倒是无所
谓，不去就不去吧，没本事有什么关系，在家
老实呆着，不害人也是本事。

　　主卧有个抽屉上了锁，徐明知道这是祁小
燕用来放钱和首饰的。家里的钱徐明不管，事
实上他什么都不管，工资卡一直放祁小燕那
里。抽屉是祁小燕锁的，但告诉过他钥匙放哪
里，他走来走去，想不起究竟在哪里。要打开

这个抽屉，得先找到钥匙。

　　看看时间，已经快八点，一般祁小燕早上在公园的时间是一个半小时，太阳出来前她们得散，晒黑了不值得。从公园往家走，二三十分钟，快的话她八点五十分就会推开家门。

　　很巧，八点二十七分时，徐明在衣橱最角落一个茶叶罐里，找到了抽屉钥锁，打开来，果然有一叠打印好的信，共十二份。夏市长您好……夏市长您好……每封都一模一样，以徐明的口吻介绍自己，说多想念他，见他当了市长有多高兴，请他有空来家里坐坐。

　　徐明双掌一用力，嗞的一声，再几声，十二份精白的 A4 打印纸就不完整了，碎成大小不一的块状。客厅也有一部电脑，他不会打字，平时也很少开，但懂大致的操作。打开文档，找到那封信，删除。

　　终于忙完了，他抬头看看钟，八点四十七分。整个早上他像被摁了快进键，额上已经一层汗。他想不起自己何曾这样过，九岁之前也许有过吧？不知道，不记得了。

门上有响声，钥匙孔开始转动。祁小燕回来了。

六

徐平安从来没喊过"爸"，他对家里其他人喊得也不多，但称呼都正常，轮到徐明却卡住了。林芬奇以前一直催徐平安喊，但越催徐平安越不喊。这事徐明不急，细算起来他也没喊过徐刚健几声"爸"。一个称呼而已，又不是器官，有没有不重要，血缘关系又不是靠嘴喊出来的。何况徐平安从小话就少，能不说都不说，也不黏人，自己独自蹲一旁拿个魔方就能玩大半天。那二十六个小正方体方块被他扭来扭去，手指头飞快动着，六个平面的颜色一次次被打乱，眨眼又归位了。徐明对他不管吃不管穿不管上学，这些事都归祁小燕，每天能平安进家门就够了。有时心里会突然一怔：儿子居然这么大了？

晚饭后徐明照例坐到阳台那张褐色沙发

上。快中秋了，月亮歪斜地吊着，云被月光一照，镶了金边似的，一绺绺地散开，无序中又有几分奇怪的周正。徐明觉得应该把林芬奇喊过来过节，毕竟这是徐刚健走后第一个节，林芬奇独自留在老房子里，难免睹物心酸。

电话通了，林芬奇似乎早就等在那里了，马上说："徐明啊，你看夏伟伟现在天天在电视里露脸，又是开会又是去哪里视察，他凭什么这么风光啊！"

徐明咳一声，嗓子眼似乎真有口痰堵着。林芬奇说："我天天看电视，天天生气。明明就是他把铁片弄进你眼睛的……"

"明天中秋到我这边过节吧。"徐明打断她。

"什么节不节的，不去！"林芬奇话音一落，手机挂了。

徐明叹口气。他不明白本市新闻有什么好看的，连徐平安这一阵也凑同样的热闹，祁小燕每天一打开电视，徐平安就从屋里冲出来，等着夏伟伟出现。既然见了生气，换个台夏伟伟不是就不见了吗？

　　风凉起来，节气一到，气温就准点起变化。徐明起身把玻璃门关上，然后重新坐下。这幢楼在小区大门旁，一墙之外就是马路。但从这个阳台是看不到马路的，阳台在南面，马路在东面。去年这条路开挖地铁，争议一直没停过，地方志专家不停地在报纸上写文章，说路下面是东汉古城旧址，不能挖。开工不久确实停过一阵，以为不修了，没过多久又继续修，打桩机、挖掘机、水泥车每天轰隆隆响着。徐平安的卧室正对着工地，祁小燕怕他被吵着，说过几次，让徐平安搬到客厅住，徐平安说不吵，他喜欢吵。

　　玻璃门被推开，是祁小燕。"我打印的那些信呢？"她声音很硬。

　　徐明不看她，也不答。

　　祁小燕跨进来，问："我打印的那些信呢？"

　　徐明说："小燕，别惹事了好不好？你找他干什么？"

祁小燕眉头拧起，说："我只是让他来喝喝茶，惹什么事了？"

玻璃门暗了一下，徐平安瘦高的身子立在那里，两手交叉在腹前，不说话，抿着嘴，这个看看那个看看。

祁小燕问："信到底在哪里？"

徐明说："撕了。"

"神经病啊，干嘛撕？"祁小燕抬脚正要往沙发重重踢去，胳膊被徐平安揪住了，一把拉了出来，再推向客厅。然后徐平安又返回，倚到门上，脸转向栏杆外，看着越来越清晰起来的月亮。"你为什么不是市长呢？"他说得很小声，像是自言自语。但接下去徐平安看着徐明，提高了声音，又说："如果反过来，是你弄伤了他眼睛，市长会是你吗？"

徐明身体在沙发里挪了挪，正不知怎么答，徐平安已经转身走掉了。

手机响了，徐华打来的："你们怎么回事啊？过节了都不管妈吗？"

徐明说："她不来。"

徐华喊起："你不会过去接？你要不去，我只好把她接来啊，虽然我房子不是她出钱买的。"

"好吧，"徐明说，"我去接。"

第二天徐明跟祁小燕说起这事，他要出门接林芬奇，被祁小燕拦下了。祁小燕说："我去吧。"她会开车，徐明不会。但一会儿她却一个人回来了。"今天平安去那边了。"祁小燕一脸惊讶。徐明看了次卧一眼，门依然关着，他也不知道徐平安什么时候出去的。祁小燕说："他居然要在那边跟你妈一起过节。"徐明在脑中把儿子跟林芬奇的关系捋一遍。很一般，不见得特别亲，主要徐平安跟谁都亲不起来，搬到大成小区后，从不独自往林芬奇那边跑，为什么今天突然去？

祁小燕想起什么，碎步跑进卧室，一会儿再出来时，上身绣花红褂子，下身纱质绿肥裤，脚上则是红布鞋，手里还握着一把圆形绢扇。"好看吗？"她双肩微张，又把扇子握到小腹前，转一圈。"好看吧，是不是很好看？"

徐明"嗯嗯"两声。祁小燕应该听出他在敷衍，但情绪并没有消减下来。"后天我们要演出，跳《梨花颂》。你也去看吧，舞友们都把家属喊去围观了。"徐明又嗯了一声。这一阵祁小燕的手机里循环响着一个又尖又脆的嗓音："梨花开，春带雨……"据说是一个男人唱的，男人捏着嗓子唱得比女人还女人。居然要演出了？

祁小燕把扇子一挥，单腿转一圈，再翘着兰花指比划一下，说："去吧去吧，就在公园里啊。我们公园成先进了，有领导来视察，还有电视台的人跟着。是不是很意外？我们跳的舞说不定可以上电视哇。"

徐明眼皮眨了眨，他意外的其实是祁小燕。他十七岁进厂就认识她了，那时起直到她退休，他从来不知道祁小燕能跟跳舞这件事沾边。也许所有女人都有演员梦吧。林芬奇有吗？不知道，看不出来。

第三天早上祁小燕不到五点就起来了，煎三个蛋，摆好面包牛奶，就提着服装出门了。

她走时徐明也起床了，正在洗漱。祁小燕喊：
"徐明，早点去噢！"徐明还没答，门已经怦
的一声关上了。

来视察的领导说是九点到，徐明八点十分
出门。应该事先安排好的，公园里到处是煞有
介事地舞剑打拳踢毽跳绳唱歌的人，甚至踩着
单杠整个身子一圈圈地甩出三百六十度。他们
头发白了，看上去年纪都比他大，但一个个都
打算活三百岁似的，荷尔蒙爆棚。公园中央喷
水池旁，十几个女人穿着上红下绿的衣服，头
上斜插着硕大的红绢花，化极浓的妆，腮鲜唇
艳，大都额上泛一层汗，正拿着镜子用纸巾小
心地按压着。眼光扫一遍，徐明终于在她们中
找到祁小燕。很陌生，即使祁小燕昨天已经穿
着这套衣服在他面前摆弄过，他仍然觉得怪
异。祁小燕也看到他了，很高兴地站起来，摆
了摆手。

太阳非常大，是一种热烈过头的秋高气
爽。九点过了，九点半又过了，围着看的人近
一半是家属，另一些显然是特地组织来的，默

默刷着手机，脸上都是见惯世面的淡定。徐明想走，他不刷手机，也没有认识的人可交谈。他忽然觉得自己跟公园里这些人根本就不是一个星球的，也许从九岁那个阴天，他就直接跳到老年，所谓年轻，他不清楚究竟是什么滋味。

人群突然抽搐般动起来，两个拿对讲机的中年男人微弓着身子跑来，压低嗓子连声说："快快，来了，来了！"

音乐很快就响了，红衣绿裤的女人刚才已经像一堆捞到盆子里的鱼，蔫蔫残喘着，这会儿水猛地灌下，刹时活蹦乱跳起来，排好队，脸上摆出夸张的笑。"梨花开，春带雨……"歌好听，在这么好听的歌声中，拿扇子的女人们僵硬地扭来扭去。真丑，像一堆在菜市场上摆了一上午卖不出去的青菜与红萝卜。徐明下意识转开头。九岁之前他常被徐刚健带去部队礼堂看演出，之后再也没去过，连电视晚会都不看，对舞蹈他真不懂，这会儿竟还是看出了丑，那就是真丑了。但显然祁小燕她们都有不同看法，一个个仰着脸，咧着红艳艳的大嘴使劲陶醉……真的醉了。相比较，祁小燕个子高，身体协调性不错，虽然肩颈也僵硬，手臂每次往上举都像抡起的棍子，却仍算是她们中最好的一个。

徐明突然意识到，祁小燕活在任何地方，似乎都可以是最好的，整个村子唯一被招工进城的，整个红星厂年轻人中唯一进了厂办公室的，徐家的人中唯一会跳舞的。

一阵脚步声，围着看的人脸齐刷刷转向后面。先是扛摄像机的人跑在前方，边拍摄边后退。然后是一群人，以中年男人为主，大都穿着精白的长袖衬衫，中间那个微胖，中等个，细眼，三七开的分头梳得极其工整……

原本围成一圈的人群，已经被分流出一个缺口，恰好可以让这群新来的人站定。

"梨花开，春带雨。梨花落，春入泥。此生只为一人去，道他君王情也痴。天生丽质难自弃，长恨一曲千古谜，长恨一曲千古思。"祁小燕她们立即从头跳一遍，曲子终时，她们高低不同举起扇子摆出个古怪的造型。掌声，是站中间的那个男人带头鼓起的。接下去是握手，合影。一个显然是当陪同的女人很高兴，大声说："欢迎夏市长发表重要讲话。"

马上是一片更尖利的掌声。

徐明往旁退了两步。刚才他在愣神片刻之后，已经认出迎面走来的这个男人与那天电视上做报告的是同一个人。夏伟伟！夏伟伟说："我市群众性文体活动真是丰富多彩啊。你们跳得非常好，一点不比市里、省里，甚至中央电视台的春晚节目差，啊……"

他的话被鼓掌声和叫好声打断。徐明看了一眼祁小燕，他没弄清祁小燕之前是否已经知道今天来视察的就是夏伟伟。

"就是你们这个服装……"夏伟伟笑了笑，"要是换一套服装，会不会跟这首京剧味的歌更协调呢？"

陪同的女人马上说："对对对，市长说得太对了，我刚才也这么觉得。"

徐明只看到这个女人的背影，她上身白衬衫，下身黑色一步裙。可能腰围太松了，中间那道本来应该从屁股中间竖下来的车缝，这会儿已经往旁边歪去，裙摆下的那个开口也就斜斜地向旁胀开。从女人的肩膀穿过来，是一个熟悉的身影，虽然又宽又大的手机横在脸前，应该正拍着视频，但后脑勺扁平的脑袋，驼得像半截括号的背，还能是别人？他一怔，徐平安，徐平安居然也来了？

这时夏伟伟挥了挥手说："没关系啊，群众性的活动大家高兴就好，不用那么讲究。"

看上去视察已经接近尾声了，夏伟伟欠欠身子，正要走，那堆青菜红萝卜突然动起来，其中一株猛地脱离队伍，向前急走几步。是祁小燕。

"市长，夏市长！我是祁小燕啊，我给您写过很多信……"

旁边几个人立刻伸过手拦住祁小燕，想把她推开。夏伟伟停住，对旁边的人摆了摆手。

祁小燕大声说："我是徐明的爱人，您还记得他吗？他是您小学的同学啊。噢，他在那！徐明，徐明快过来见见夏市长！"

徐明像被人打了一棒，双脚虚浮地定定立在那里。所有人都扭头看着他，每一道目光都像一束火扑过来。他闭上眼，天地一下子黑下来，什么都不见了，再睁开时，夏伟伟已经站在跟前。

七

从公园回来，家里是空的。徐平安也在公园？徐明先去撒泡尿，然后在镜子前站了许久。他不是自己看自己，而是以另一个人的眼光看——对，是市长夏伟伟的。镜子里的人眼睛仍然像两枚横下来的橄榄，眸子却不黑了，泛不出光，连眼梢也不再上翘，而是呈下垂的八字形了。左眼比右眼木，瞳孔上还有个米粒大的白点，但如果不细看，外人并不能看出异样。夏伟伟算不算外人？

"你好啊。"当时夏伟伟这么说，还一下子伸过手来握。

徐明只觉得手心软了一下，像一块面团

塞过来，温热，细腻，柔顺。以前他握过这双手？肯定没有。事实上他想不起自己曾跟谁握过手，突然夏伟伟以市长的身份站到眼前，说你好，说好久不见。脑子嗡嗡响，他只往对方瞥了一下，就犯了错似的立即闪开，垂下眼帘。在那块铁片飞来之前，他们是能够四目相对的，如今却只剩三目互相看，他不敢看。但在低头的一瞬，他看到夏伟伟眼光在他左眼定了两秒。那么夏伟伟其实是记得的？

祁小燕已经挤过来，因为抹着厚厚的浓妆，整张脸变得像一具塑料模型，上面浮着一层粉，又黑又长的假睫毛像两片毛刷僵硬地横在那里。"夏市长夏市长！"她一只手直直截向徐明，"他就是徐明，您小学同学徐明……""徐明你好。"夏伟伟在徐明手背上拍了拍，笑得很平稳。

徐明点点头，现然他已经适应了，可以抬着脸看着夏伟伟。上次见到是四十六年前，在奋发路上，那个有红星的拱门前，夏伟伟把铁片托在掌心，哗哗哗地抛着，然后跟陈力力扭在一起，巴掌突然被拍，铁片飞起，到了徐明眼里。

祁小燕抓住夏伟伟的胳膊："夏市长您真记得他呀！"

站在夏伟伟旁边的中年男人贴过来，隐蔽而坚定地把祁小燕的手从夏伟伟胳膊上扯开，然后巧妙地挡在祁小燕和夏伟伟胳膊之间。祁小燕还要往前挤，边挤边喊："夏市长，夏市长……"

徐明瞥了她一眼，她嘴张得很大，口红把她嘴唇的边缘清晰勾勒出来，像古地图中的城廓，比平时大，又比平时难看。徐明把脸左右转两下，人群中一转头有徐平安，再一转又找不到了。他低下头，朝鞋尖处看了看。如果下面有缝隙，他会像条蚯蚓一头钻下去。

夏伟伟摆摆手，这个动作不是对徐明做，而是对四周的人。然后夏伟伟又特地对徐明也摆手。"老同学，见到你很高兴啊，我还有事，以后我们找机会再聊啊。"

徐明没答，他清楚夏伟伟也不需要他答。

果然话音未落，那个中年男人已经侧过身，站到夏伟伟和徐明之间，并且手臂向前伸，做出"请"的姿势，顺便把旁边的人向外挡去，转眼他们就只剩下一堆背影，谁也没有回过头来。

徐明就是在这时也转过身，朝另一方向走去。祁小燕在后面叫他，问他去哪里。他没理，脚像被她的话给推了一下，竟越走越快。还能去哪里？他无非是回家，回到阳台的沙发上。

祁小燕是一个多小时后才回来的，妆还在，红衫绿裤倒是换掉了。她先去厨房噼噼叭叭忙了一阵，才进卫生间把妆卸掉，然后边用纸巾擦着脸，边走到阳台，问："哎，我今天跳得怎么样？"

徐明没有答。祁小燕又问："中午吃面可以吗？"

徐明还是不答。吃什么不重要，他一直无所谓，什么都能吃，少吃一两顿也无关紧要。祁小燕以前从来不会征求他意见，端上什么就是什么。祁小燕说："要不要炒几样菜，再来点酒，庆贺一下？"徐明眼皮一抬，侧过身子瞥了她一眼："庆贺什么？"他确实脑子没转过来。祁小燕笑起，说："庆贺你和夏伟伟终于见面了嘛。"

徐明猛地把眼重新闭上，有一股气流正从肚子里冲上来，顶到喉咙。他打个咯，鼻孔长长呼出一口气。

祁小燕转身要走，马上又回过头，说："你等着，他肯定会找我们的。今天当着这么多人的面哩，还能再不理？"

徐明眉头一皱。你等着？他什么时候等了？他为什么要让夏伟伟理一下？他侧过头，重新看祁小燕，只看到祁小燕的背影，屁股仿佛被改造成另一种东西，腰间的螺丝松了，随着脚步向两侧边走边有节奏地荡来荡去。她的肢体似乎还留在《梨花颂》里，仍缓缓春带雨中。

午饭前徐平安才回来，徐明问："你今天也去公园了？"徐平安头都不抬，也不答，洗了手就坐到饭桌上。饭桌是长方形的，三个人分坐在桌子的两边，祁小燕与徐平安并排，徐明独自坐他们对面，这个格局从住进这个小区第一天起就形成了。一般徐明和徐平安都不怎么开口，说话的主要是祁小燕，话的内容都围绕着菜，这个有营养、那个要多吃。说这些时她总是侧过脸冲着徐平安，或者干脆边说边把菜夹进徐平安碗里。徐平安很烦这样，徐明看着也烦。儿子要是生在旧社会，这岁数都快能当爷爷了，祁小燕还是把他当婴儿。

把一块煎带鱼夹到徐平安碗里时，祁小燕侧着头问："哎平安，如果市长帮你安排工作，你想去哪里？"

徐平安马上眉头拧起来，说："哪里都不去，我不要工作！"

祁小燕说："你怎么这样？不工作怎么办呀？这种关系别人求都求不来……"

徐平安把碗筷重重一放，站起走掉，进了自己房间，关上门。

徐明也站起，走到阳台，贴着玻璃往下看，脚马上一虚，连忙后退两步。房子买太高了，以前老房子在五楼，他都不敢往下看，现在十六层，要不是林芬奇用玻璃围起来，他都没法到阳台上来。他坐下，闭上眼。这次夏伟伟来公园视察，祁小燕之前一定是知道的，却没告诉他。为什么不说？如果提前知道今天会在公园见到夏伟伟，他会去吗？不会。祁小燕还是了解他的。并不是所有人的生活里都需要一个市长的，看上去祁小燕需要。祁小燕想给徐平安找工作，可是徐平安不乐意。

　　第二天一大早祁小燕又去公园跳舞了，她刚走，林芬奇就开门进来。每次来她都像来灾区，总是先拐去超市买了一堆鱼肉菜，然后大包小包提来。把鱼肉清洗，分袋装好，再放进冰箱后，见徐明坐到阳台上，她也过来，在旁边小凳子上坐下，手在腿上拍两下，说："徐明我跟你说一件事。"

　　徐明欠欠身子看着她。虽然入秋了，天气其实仍很燥热，家里的空调从夏天一路开下来，还没断过，林芬奇却已经穿着长袖衬衫，外面再套一件双层灰马甲。她是真瘦，背也驼了，脖子好像已经扛不住脑袋，斜斜向前倾去，整个人看上去就像随时打算向什么地方钻去。以前林芬奇不是这样的,翻徐刚健留下的旧相册,在每一张照片里年轻的林芬奇都清新鲜艳,长辫子时系着蝴蝶结,短发时烫着大波浪,衣服从列宁装到布拉吉,都典致得体,微微颔着头,嘴轻抿,笑得花好月圆。

那样的林芬奇早已不见了。

林芬奇眉头皱了皱,嘴里还小声嘀咕一句什么,在手机上拨几下,然后把手机递过来。她用的是徐华退下来的旧智能机。徐明瞥过去一眼,屏幕上是一个发福的中年男人,脸圆圆的,泛出红光,下巴堆着三层肉。

林芬奇问:"这个人你认得吗?"

徐明探过身子看了看,摇头。他认识的人很少,以前在红星厂他连三分之一的人都认不全,大家都知道他视力不好,不认人是正常的。厂里不用上班后,他见到的人更少了,他确实也没有认识谁的念头。

林芬奇说:"他是陈力力啊!"

徐明半晌没反应过来。

林芬奇说：“就是那年，跟夏伟伟一起把你眼睛弄破的那个人！”

徐明太阳穴猛跳几下。陈力力？他想起这个名字了。那年陈力力也只有九岁，很胖，是结实茁壮的胖，跟现在的臃肿完全不一样。隔着几十年的光阴哩，他怎么记得？

林芬奇叹了口气，收回手机，把屏幕搁在膝盖上搓两下，好像手机刚才被徐明看脏了：“你知道他是干什么的吗？你根本想不到，他居然是做房地产的。我们市里最大的房地产公司是哪家？大成集团。陈力力就是大成集团的老板。啧啧啧，大成集团啊，都上市了。我们都像个死人，这房子其实就是大成集团建的，可是当初买房子时，我一点都不知道。我要是知道就好了……”

徐明缓缓坐直，转过身看着林芬奇，半晌才问：“你现在又是怎么知道的？”

林芬奇头微仰着，看着上方的玻璃。“徐明啊，都怪我，那天我要是不发神经把全班学生留下来补课，你就能早早到家，然后晚上我们一起去看电影。看个电影多好啊，什么就不会发生……你一直很恨我吧？"

"没有！"徐明脱口答道，他真的不恨，事情太大了，那块铁片一下子把他眼前的东西撕碎，他当时根本来不及恨，后来好像又忘了该去恨一恨谁。

林芬奇又叹了口气，说："我们都太笨了，傻乎乎的，这么多年一直吃着哑巴亏。还是小燕聪明，她一直说冤有头债有主……"

徐明一怔，马上问："陈力力是祁小燕找到的？"

林芬奇犹豫了片刻，才小心地点点头。她看着徐明，嘴唇动了动，还没开口，徐明抢先问："祁小燕找陈力力干嘛？"

林芬奇伸过手在徐明胳膊上拍了拍。"你呀，我以前真的很担心你找不到老婆……你爸当初老嫌祁小燕素质低，但她对你对这个家不差啊，是不是？好歹人家也没不三不四地搞外遇，还给我们家生个儿子。而且，她脑子确实比我们都活络……徐明啊，她怕夏伟伟找你，

你不理人家，特地让我来劝一劝。要是夏伟伟
真找你了，你不许不理啊。做亏心事的又不是
我们，干嘛我们要避开呢？"

徐明定定地看着林芬奇："他找我干嘛？"

林芬奇眼皮垂下，好像在思考什么，一会
儿再抬起时，眉头微微拧起来。"徐明啊，"
她语气里很清晰地夹着几丝不满，"他是市长，
我们跟他有来往，总不是坏事。平安这么大了，
再怎么样也得替他考虑了。是不是这个理？不
要任性，你看你这样子小燕都一直守着这个
家……"

徐明打断她："我什么样子？"

林芬奇一愣，局促笑起，摆了摆手，说：
"唉，我又乱说话了。我的意思是，小燕也不
容易，她脑子比我们都好使，就听她的吧。如
果人家真的找你，你不要使性子，好不好？"

徐明闭上眼，嘴唇抿住。林芬奇又说："你
答应我，好不好？"

徐明迟疑了一下，点了点头。他突然想，
在公园里见面时，当着那么多人面，夏伟伟没

多说什么，私下再联系他，会不会专程为了道歉？

八

三天后徐明午睡还没醒，手机响了，是陌生电话。他接起，一个外地口音的男人问："请问你是徐明先生吗？"

徐明局促地应一声，他被人称为"先生"还是第一次。

对方说："您好，我姓齐，是大成集团董事长办公室的，你喊我小齐就行。董事长请您抽空聚一聚。请问明天晚上有空吗？"

"董事长？"

"我们董事长叫陈力力，您是他小学同学吧？"

"噢……对。"徐明终于回过神来。

"那就好，徐先生，我们董事长请您明天晚上吃饭，具体地点我已把定位发给您太太了。"

"你说……太太？"徐明犹豫了一下，还是问了。

"噢，刚才我已经跟您太太通过电话了，还加了微信。她让我再直接给您打个电话。"

直接？一直到放下手机，这个词仍跟石块似的硌在徐明胸口。祁小燕跟人家都说妥了之后，还要让对方再给他一个电话，她是怕自己说了他不信或者不听？他从床上下来，在屋里各处转一圈，没有看到祁小燕。

天黑下来后祁小燕才回来，左右手各提着两个纸袋，脸上显见是兴奋的，嘴咧着，但来不及说话，先冲进厨房开始忙晚饭。等到吃过饭，收拾好了，她才把纸袋里的东西掏出来：一双中跟黑皮鞋、一件紫碎花连衣裙。"好看吗？"她问。徐明瞥一眼，没有答。祁小燕又去敲开徐平安的门，问好不好看。徐平安眯起眼打量一下，不置可否地歪了歪头，就把门重新关上了。

徐明走到阳台，往外看几眼，又俯看几眼。要看什么他并不知道，也许什么都没有看进去，只是把看的姿势做一遍罢了。可能因中秋的时候月亮把该亮的都亮过了，相比之下，这一阵总是显得又瘦又窄，仿佛疲倦了，连光泽度都减下去。月朗星就稀，现在月不朗，星也仍是稀的。明晚呢？在这样相似的月色中，他将和几十年前的小学同学陈力力见面，这个人当年在奋发路上突然出现，把夏伟伟手掌猛地向上拍去，如果不是他，夏伟伟掌心里的铁片不会挥起来，再落下，然后划破徐明的眼球。

徐明觉得左眼隐隐有点疼，他闭上眼，用手揉了揉。明天他要带着这只早就破掉的眼睛去见陈力力？之前祁小燕一直要见夏伟伟，在公园里算是见上了吧？然后轮到陈力力。

为什么陈力力要请他吃饭？

很奇怪，一直到第二天傍晚去酒店前，祁小燕都不提这事，徐明几次想问，又觉得不问也罢。他本来以为只是自己一个人去，看时间差不多了，让祁小燕把地址给他。祁小燕从卫生间里出来，已经穿上那套紫色碎花连衣裙了，还化了妆，连假睫毛都粘上了。"你要地址干嘛？"她很诧异，抹上口红的嘴唇微微噘起，突然艳起来的唇把牙齿衬得又涩又黄。"我开车呀，可以导航嘛。——平安，平安快点，要走了！"

徐明怔怔地看看她，又转过头看向儿子的卧室。门恰好开了，徐平安穿一套西装出来，打着领带。他平时从来都穿运动休闲服，西装什么时候买的？徐明不知道。"他也去？"这话他问祁小燕。祁小燕头一晃，说："是啊。"

徐明继续问："你们都去？"

"是啊。"边答着祁小燕边走到门后，打开鞋柜，取出新买的黑色中跟皮鞋，套上，拉开门。徐平安跟在她背后也出了门，徐明还原地站着不动。"快走啊。"祁小燕喊。

徐明不想走了，一动都懒得动。陈力力请他吃饭，祁小燕一起去已经算过分了，还要再加上徐平安，这都算什么事呀。祁小燕好像猜明白了，踩着高跟鞋大步进来，把手上的黑色小坤包往他腿上一甩，说："怎么回事你，跟人家都说好了，快点！"

徐明往门外瞄一眼，儿子正侧着身子低头看手机，手指头在屏幕上利索地划来划去。

徐明问："是他们让你们去，还是你们自己提出要去？"

祁小燕说："有什么区别，快走吧，今晚说是陈力力请客，其实夏伟伟也会去的。人家是市长哩，你不能让人家等着你。"

夏伟伟也去？徐明脑子嗡了一下。但不容他多想，胳膊被祁小燕拉住了，她用上了力气，把徐明往门外拖去。

吃饭不在酒店，而是一家外表很朴素，内里装饰却非常华丽的私人会所。一个中年男子站在门口，一见到车来就迎上前，躬着腰问："是徐先生吧？"

祁小燕连忙摇下车窗答："对对对。"

中年男人保持着刚才的姿势，脸上的笑更多了，说："我是小齐。曾给您打过电话。"

祁小燕朗声说："原来齐先生就是您啊，太好啦。我们……"

小齐往旁招了招手，马上有个穿灰色中式

制服的清瘦男孩小跑上前。小齐说："请你们下车，泊车交给他。"三个人在车内都怔着，最先明白过来的是徐平安，他打开后车门一脚跨下来，回头招呼还愣坐着的徐明和祁小燕："下来，你们下来呀！"

徐明在打开车门，在伸出脚即将跨下去的一瞬，突然记起一件事。他返过身对祁小燕说："别跟他们提起我们家住哪里！"祁小燕眉头微微皱一下，马上又笑开了。她不是对徐明笑，而是把脸朝向车外，紧接着就索利地跨下来。

车果然被服务生开走，三人跟着小齐进了屋里。房间还是空的，但几盏罩着米色绢缎的方形吊灯已经全亮了，光柔和富贵。屋子非常大，足以摆下五六张八仙桌，却只在中央孤零零放着一张直径三米左右的圆桌，铺着精白的桌布，已摆放好餐具。椅子是红木的，窗上嵌着雕花玻璃，地面铺着松柔厚实的羊毛地毯，有隐约的香水味和细微的音乐轻缓飘着。小齐招呼他们先在圆桌旁的茶台边坐下，话一说完就匆匆转身出去了。他一走，三个穿旗袍美女就出现了，端着茶盘，各自走到徐明、祁小燕和徐平安脚旁半跪下，先是递来热毛巾，紧接着几杯热茶也依次摆好了。

徐明没想到现在酒店是这样伺候人的，他捏住热毛巾，以为是让他擦脸的，举到半空，看徐平安只是在手上擦了擦，连忙也依样画个葫芦。正拿着热毛巾不知放哪里，门外传来声响，小齐小跑着出现在门口，仍然微弓着身子，先对门外做出"请"的动作，又转过脸说："董事长到了。"

徐平安一下子站起来，接着祁小燕也站起，徐明手里的热毛巾已经被美女用夹子取走，他却仍愣着没反应过来。董事长到了，董事长就是陈力力。陈力力从门外进来，肚子顶在最前头，一脸是笑。小齐指了指徐明，说："董事长，徐明先生在这里。"

"哎呀，徐明啊徐明！"陈力力张大双臂，声调拉得高，边说边大步向前。

徐明从椅子上站起，脚下意识地向后微微一退。小时候徐刚健抱过他，九岁铁片划过他

眼珠那天，林芬奇跑进医院一把抱住他，哭得
呜呜响，之后他不记得还被谁在大庭广众之下
搂抱过，连祁小燕好像都没有。但其实是他
多虑了，陈力力手臂只是象征性地张了张，并
没有往下持续，他甚至立住，脸转向圆桌，说：
"怎么不上桌呢？来，坐下坐下。"

祁小燕小声问："夏市长……"

陈力力好像没听到，挥了挥手，说："坐
下，来徐明，我们坐下，坐下。"

陈力力径自坐到主位，中年男子让徐明坐
陈力力左边，祁小燕坐右边，徐平安坐正对面。
小齐走到陈力力边上俯身问了一句什么，陈力
力马上手掌举起来一甩，说："上菜吧。"小
齐"好好好"连声说了几句，就退出了。徐明
心里嘀咕了一下，眼光在小齐背上追了片刻。
硕大的圆桌旁只有四张椅子，仅仅四张，徐明
是这会儿才意识到的，刚才进门时他并未发现。
不是夏伟伟也来吗？来了坐哪里？

陈力力转过脸，看着徐明，说："今天本
来伟伟要来，临时开会，走不开。不管他了，

我们自己吃吧。唉,这么多年没见到你,跟做梦似的,对不对?眨眼间我们也都老了,你看你儿子都这么大了,时光无情啊。"

服务员开始上菜了,都是即位式的,每一道菜都提前分了四碗或者四碟。鲍鱼、龙虾、大闸蟹、海参,还有一些海鲜徐明叫不上名,见都没见过。祁小燕很高兴,她的脸一直侧向陈力力,筷子极少提起,提了也仅夹一点,偷吃般缓缓放进撮成小圆形的嘴里。

徐明对此没有太意外,或者说他所有的意外都集中给徐平安了。知子莫如父这句话现在一点都不适用,突然之间徐平安变陌生了,坐到这张圆桌后,他的嘴仿佛刹时换了一张,唇一直忙乎地上下翕动,倒不是胡说乱说,该停时停,该歇时歇,一旦陈力力开口,他马上直直看着,不时以脆亮的笑声应和。话题不稳定,东跳西跳,包括国际局势、个人打拼经历、股票、地铁……这期间,夏伟伟不时被提起。"伟伟",陈力力都是这么喊,说得好像是位跟他恋爱一百年的女人。可是那天在奋发路上,陈力力突然从树后出来，明明是和夏伟伟打成一团。他们不打，铁片就不会飞起，更不会落进徐明的眼里。

陈力力对红星厂兴趣也很大，问了又问，徐明只是"嗯嗯""就那样"应付着。工厂不是他的，他在里头混了一辈子，实在所知不多。他惊讶的是徐平安居然对红星厂很熟悉，厂里目前的情况说得一清二楚，包括徐明现在工资和祁小燕的退休金。徐明第一次知道徐平安居然酒量这么好，每隔几分钟就要站起，端着酒杯过来，向陈力力敬酒。有一次他甚至把瘦高的分酒器直接提过来，"敬您啊，我是晚辈，先干为敬了。"话音未落，分酒器已经底朝天贴住嘴唇，仿佛他嘴里又长出一个透明的舌头。

桌子上开的是瓶茅台，徐平安一个人至少喝掉六成。

祁小燕要开车，喝的是饮料，脸竟也红扑扑的。她说："董事长，我们家就是买您大成的房子哩。"

"咦？"陈力力马上转过脸盯着祁小燕，"哪里？"

徐明嘴巴动了动，刚想把话岔开，祁小燕已经开口了："大成江山一期啊。"

"噢。"陈力力点点头，转过头问徐明："那个小区不错吧？旁边有公园，小区外不是正在修地铁吗？到时有个站就设在小区外，出行太方便了。"

徐平安马上问："地铁站真能建起来吗？前一阵停工过哩。"

陈力力说："不是又开工了吗？停不了，谁敢停？"

徐平安提着酒杯过来，俯身问："夏市长肯定大力支持了吧？"

陈力力在徐平安背上拍了拍，说："这还要问吗，年轻人？你问问你爸，伟伟跟我是什么交情。哈，反正你们房子买对了！"

徐明一口酒都没喝。怕酒刺激眼睛，林芬奇以前从来都不让他沾酒，连煮菜当佐料都不行。奇怪的是整晚没有人劝过他酒，他坐在陈力力边上，陈力力不停让他快吃，多吃点，却一次都没有劝他喝点，他前面的酒杯始终是空的，没有倒上酒。

变化太大了。陈力力父亲腿被车撞断，母亲一个人扫地养活一家人，九岁时这个人穷得没有买一袋水果去医院看望他，跟他说句对不起，现在却富成这样，公司上市了，能呼风唤雨，而徐明住的则是他建好出售的房子。

九

祁小燕要加陈力力微信，陈力力犹豫一下，对，犹豫了，这个徐明看到了，但只一瞬陈力力就掏出手机，嘀一声，加了祁小燕微信。轮到徐明，陈力力主动把手机伸过来，说："我扫你。"徐明坐着没反应，祁小燕连忙说："他呀，用的是老人机，上不了网。"

陈力力脖子一挺，显然很意外，然后手向上一举，小齐马上从门外跑进，耳朵伸到陈力力嘴边。陈力力说了句什么，小齐点点头，转身小跑出去。几分钟后小齐再进来，双手托着一个白色的长方形小盒子，盒子上有手机的照片。小齐把盒子递给陈力力，陈力力没接，下巴往前伸了伸，小齐就转过身，把盒子递给徐明。

"什么意思？"徐明一直到这时候都没反应过来。他身子向后仰去，试图离盒子远一点，眉微皱着，垂着眼睑看着盒子。

陈力力说："我车上刚好多一部新手机，用不了。手机更新换代太快了，放着就旧了。别嫌弃啊，徐明，麻烦你了，帮我用一用啊。"

徐明仍盯着小盒子一动不动。

这时祁小燕走来，从小齐手里接过盒子。她笑得眼都只剩两条细线了："哎呀还有这种好事啊，董事长你待我们家徐明太好了。"

徐明侧过脸看着祁小燕，祁小燕却不看他。

陈力力的手机响了，他接起，嗯嗯两声，马上站起。他屁股离开椅子的那一瞬，小齐就出现在门口了，然后碎步跑进，弯腰抵近陈力力。陈力力收了手机，对小齐说："临时有事，我得先走，你好好陪徐明一家再多吃点。捡好菜上，别总是一桌子烂菜！"

小齐连忙点头，说了七八个"是"。

陈力力在徐明肩上拍了拍，说："徐明啊，真是不好意思，今晚我本来什么电话都不接，专程陪你喝一场。你看我们好不容易见个面，最后还是被一个破事给搅掉的。没办法，我得先走，身不由己啊。以后找时间好好再聚聚，叙个旧。哎呀，多少话要说啊，是不是？"

徐明坐着没动，祁小燕已经站起，掏出手机说："哎呀董事长，能跟你合个影吗？"

陈力力不置可否地嘴咧了咧，祁小燕马上把手机递给徐平安，自己站到陈力力边上，头微微靠过来。

拍过照，陈力力双拳抱起作个揖，说："得罪了得罪了。"

徐平安跨前一步，站到陈力力跟前，问："董事长，据说我们小区前面修地铁，挖出了东汉古城，市里的文史专家一直反对，是不是真的啊？"

　　徐平安说这话时，陈力力正低头取放在桌上的手机。徐明仍坐着，他是仰起头，从下往上看的，他看到陈力力伸过来的手曾停了半秒。待完全站起，又一脸乐呵呵的了。看错了？徐明只有一只眼管用，他眼神不好，但那半秒非常清晰摊在面前，应该不会错。

　　"怎么可能啊？"陈力力声音一下子大了，"我跟你说，那些地方志专家为什么闹你知道吗？他们想买大成的房子，要求我们打折。房子那么俏，一开盘就卖光了，你说干嘛打折啊？打折是对其他业主的损害，是不是？"

　　祁小燕附和道："就是就是。想得美，就是你们要打折，我们也不同意！"

　　陈力力好像被逗乐了，双手往半空中一张，又朗声笑起，边笑往大步往外走。走到门口，马上要闪身时，头也不回丢下一句话："徐明，我们再约啊。"

　　小齐跟在背后跑去，几秒钟后又返回。

　　徐明已经站起，他要走了。小齐拦住他："哎呀徐先生，我本来要送送董事长，但他不让送，要我回来陪你们再吃点……"

祁小燕说："就是，刚才我还没吃什么东西，肚子还是饿的。"

徐明脚没有停，他说："那你吃吧，我先回去了。"

徐明很快就听到后面熟悉的脚步声了，徐平安几个大步跨到他前面，说："我也回，我去开车。"

"别别别，我开，你车不熟。"说着祁小燕已经冲到徐平安前面去了。

小齐也追来，很为难地弓着身子说："哎呀，你们都走了，我怎么向董事长交代呢？"

徐平安突然站住了，看着小齐，问："齐先生房子也在大成吗？"

小齐讪讪笑起："见笑见笑，我哪买得起那房子啊？"

徐平安又问："你知道我们大成小区那边挖地铁，下面挖出东汉古城吗？"

小齐后退一步，连连摆手说："我刚到公司上班两个多月，不知道啊，真的不知道……"

到门口了，祁小燕把车开过来。小齐冲过来开车门，徐明和徐平安钻进去。车子刚动，小齐身子弯下，头探进来，说："不好意思，董事长要是问，您就说今晚你们又继续吃了很多啊，拜托拜托！"

徐明正犹豫着要不要答，徐平安身子探长了，把手机伸出窗外说："齐先生我们加个微信吧。"

小齐有点意外，从裤兜里慌忙掏出手机。两部手机重叠一起时，嘀的一声。徐平安一收回身子，祁小燕就把车开动了。徐明扭过头从后车窗看出去，见小齐立在那里，举着手摇着。看不清他脸上的表情，灯光在他背后，不过徐明猜他应该仍嘴角上扬，挤出笑来。他多大了？比徐平安大不了七八岁吧？刚才门外明明没看到他，结果陈力力手一扬，他怎么就冲进来了？他们坐下吃饭，他却没坐下，这会儿还饿着肚子？

红灯，车停下，祁小燕回过头说："徐明，人家好好请我们吃饭，你干嘛整个晚上都在叹气？”

　　徐明一怔，叹气了？这顿饭他吃得不舒服，但他一点都没发现自己整个晚上都在叹气。

　　两天后刚吃过晚饭，小齐找上门来了。门铃响后是徐明去开的门，看到两手拎着几袋花花绿绿的礼品盒的小齐，他嘴马上呵到最大：“你怎么知道我住这？”

　　小齐笑笑，把手里的东西往上举了举，好像是它们领的路。

　　祁小燕正在洗碗，听到动静从厨房冲出来，很惊喜：“哎呀，快进来坐。是啊，你怎么知道我们家在这幢这间？”

　　小齐脱鞋进屋，把手里的东西放在客厅茶几上，转动身子四下看了看，说：“这房子不错吧，南北通透的，结构好，功能区分非常合理。你们是一手房还是二手房？”

　　祁小燕说：“一手。”

　　小齐嘴一撇，脖子同时往前一伸，做出一种敬仰与羡慕相交织的表情。

　　祁小燕端出水果，开始泡茶，让小齐坐。

小齐正要坐下，突然身子一紧，转过头看向徐平安的卧室。不知什么时候徐平安已经打开门，靠着门框，静静看着。小齐喊："平安兄您在家啊。"

徐明眉头皱了一下。徐平安看上去明明比小齐小多了，居然成"兄"了？

小齐已经不往下坐了，他对徐明和祁小燕欠欠身子，小声说："不好意思啊，我能跟平安兄单独聊一聊吗？"

徐明没有答，嘴反而抿紧了。

祁小燕显然也很意外，但她马上说："可以可以，你们随便聊。噢，就坐这里聊吧？"

小齐边说着"好好好"，边向徐平安走去。走近了，两人非常默契地对看一眼，一起进了屋子，门马上关上了。

徐明坐着不动，祁小燕怔了片刻，走到徐明身边，揪住徐明的胳膊往厨房拖。"怎么回事？"祁小燕一脸都是不解。徐明摇摇头，他确实不知道。"很奇怪啊，是不是？"祁小燕又说。徐明点头。小齐是陈力力的手下，他突然来，准确无误敲开门，然后进了徐平安的屋子。他找徐平安干什么？

"会不会是……"祁小燕好像想起什么，"噢，其实那天晚上从酒楼一回来，我就给陈力力发过微信了……你别瞪我，我只是想让平安去陈力力公司上班。刚才我以为这个小齐来是为这事，可是也不像啊。上个班光明正大的，还要单独说话？"

徐明叹口气，不知说什么好。

祁小燕很不满他的叹气，说："你除了叹气，还会什么？儿子这么大的人，整天呆在家不出去工作怎么行？老婆都找不到。陈力力公司财大气粗，又有你们这一层关系，安排个好职位这辈子就不愁了。我们就这个儿子，不管管他，以后怎么办呀？"

徐明眉头皱起。徐平安能有个正当的工作当然好，可是隐约又觉得有哪里不太好。他往徐平安的卧室瞥一眼，门仍然关着，关就关吧，两个大男人在里头而已，还能弄出什么是非来？他转身去了阳台，把屁股陷进褐色沙发里。世界太大了，而他有这几平方米就足够。没有星也没有月，天凉下来了也不需要风。地铁工地咚咚的声响很清晰传来，从这里却看不到。市里有规定夜间不许开工扰民，这里却通宵都没有停下。专家越闹，工期越要往前赶？他把玻璃门推上，闭上眼，咚咚咚还是反复灌进耳朵。一个多小时后他听到小齐从徐平安房间出来，站在客厅跟祁小燕的道别声，祁小燕先是挽留他再坐坐，小齐不坐，祁小燕就把他送出门，结果祁小燕自己也一起出了门，过二十多分钟门才重新开了。祁小燕趿着拖鞋进来，走到阳台，推开玻璃门看他一眼，似乎想说什么，又走掉了。

这个晚上剩下的时间都很安静，洗漱，上床，三人各忙各的，都没有话。躺上床，关掉灯后，祁小燕左转右转。徐明想，可能祁小燕有话要说，如果她不说，也就算了。过了一阵徐明已经开始迷糊了，祁小燕还是开口了，她问："哎，你知道小齐今晚来干吗吗？"

徐明身体向外侧着，不答。

祁小燕摇摇他，再问："你猜他来干什么？"

徐明含糊地说："不知道。"理论上他是这个家的男主人，可第一次登门的客人离开时却不向他告别。把他忘了？忘了就忘了吧，无所谓，这个人来干啥他也无所谓。

祁小燕可能在说与不说之间又犹豫了片刻，才缓缓开口。她的话很简练，归纳起来是下面两点：

一、小齐说陈力力让徐平安去公司上班，月薪三万起，但徐平安拒绝了；

二、徐平安有一台手持高清摄像机和一架小型无人机。被报社末位淘汰后，他开始做视频放网上，以前内容以游戏为主，他自己怎么打，再教别人怎么打。这些天他突然转向关注社会问题，动不动就拿地铁工地说事。

十

早上五点多林芬奇就来了，她先敲了徐明

和祁小燕睡的主卧门，再去敲徐平安的门。徐明从床上下来，揉着眼走到客厅。林芬奇青着脸问："还睡得着啊，你们！"徐明没答，坐下。他差不多一整夜都没睡着，是啊，他怎么睡得着？

一会儿祁小燕也出来了，她肯定也没睡好，眼袋浮肿，从内眼角、鼻翼、嘴角向下拉出好几根八字形的线条。林芬奇朝徐平安房间瞥一眼，正要再过去敲门，祁小燕拦住她。"妈，"她低声喊，"我们再商量商量。"林芬奇愣一下，点点头，两人同时向主卧走去。祁小燕走两步，回头看一眼徐明："你也来！"徐明只好跟上。一进屋，祁小燕就关上了门。

主卧只有两张椅子，徐明坐到床铺上。他不知道接下去要干什么，一只腿别起来，双手搁上面，木然看着两个女人。林芬奇问："你们是死人吗，居然都不知道？"

徐明垂下头。房间里现在阴盛阳衰，之前整套房子都是，祁小燕统揽家里一切，两个男人这也行那也行，都随她便。可是眨眼间，阵地上却只剩下徐明一人了。他什么都不知道不奇怪，祁小燕怎么也没发现徐平安根本不是曾经的那个徐平安？

"平安要干什么？"这个问题是徐明从昨夜到现在都没弄明白的。

祁小燕摇了摇头："昨晚小齐一说平安偷录音录像，我整个人都懵了，谁会想到呢？还无人机，天哪！回到家我马上问他这些东西哪里来的，他说网购的。问他买了干什么，他说不用你们管。妈，我知道徐明从来不管，所以昨晚那么迟了还给你打电话。我是真的六神无主了。你们说平安到底怎么了？"

林芬奇说："我想了一夜，我们家平安会不会是特务？"

"什么特务？"祁小燕一下子坐直了。

林芬奇重重舞了一下手，说："徐明啊，以前你爸说过他们部队抓到水鬼，会同时缴获发报机之类的东西，都是往台湾那边发情报用的。你们说平安居然买了那么多设备，普通人要那些干什么？徐明，你说话呀！"

徐明嗯了一声。"特务"这个词已经很陌生了，突然冒出来，他虽然不相信，心里还是急跳了几下。

祁小燕嘴唇动几下，重重呼一口气，站起："妈，不用跟这种人商量，浪费时间！"说着她把林芬奇往屋外拉去。林芬奇回头看几眼，大概觉得祁小燕说得有理，也就出去了，还把门又带上。

徐明继续呆坐一会，索性一仰，躺下了，揪过被子盖住肚子，闭上眼。困，这是他此时最真实的感受。还真睡着了，醒来时已经十点多，起来发现家里非常安静。走到徐平安的门外，以为他还睡着，拧了拧把手，门居然开了，里头空无一人。迟疑一下，徐明走进去。他记不起上次进来是什么时候，每天他要下楼，在小区草坪里走走，再去公园散散步，这屋子对他来说，竟比小区和公园还陌生。床、柜、桌、椅，以及桌上的电脑和一部小游戏机，看上去没什么特别。录音机、无人机、手持摄像机呢？拉了拉抽屉，上锁了。飞机那么大，无人机究竟多小，难道也能藏得进抽屉？屋角立有一个半人多高的铁架子，顶部是个巴掌大的横向支架。徐明提起掂了掂，不重，他没弄懂这是干什么的。

从桌旁那扇门出去，是比桌子大不了多少的阳台。住进来快两年了，徐明到这个阳台来过吗？没有，应该没有。从十六层往下看，看到小区围墙外的马路，中央被围起来的那部分横七竖八的，挖出深坑，堆着钢筋、木板、推车、挖掘机以及各种杂物，几部打桩机和吊车架子高高朝天立着。路一下子变丑了，也许所有东西刨开来都是不堪的，包括人的肚子，五脏六腑也没一个会是悦目的。原来从这里可以这么清晰地俯瞰到工地，但很奇怪，工地非常安静，一个工人都没有，所有机器都是静止的。刚才他其实已经觉得不对，明明昨晚施工声还非常响，这会儿却突然熄下了，原先留着让工人和水泥车进出的缺口也档上了。又停工了？他不敢久待，主要他不习惯来徐平安房间，徐平安肯定更不习惯他来，所以还是走吧，万一撞上了，彼此别扭。

餐桌上是空的，什么都没有，这种情况之前从来没有过。祁小燕有很多问题，但对家里人是尽心的，有了这一点，他才睁一眼闭一眼——他本来就只剩一只眼，另一只九岁那年闭上了。他去厨房转一圈，没发现什么可吃的，连一块饼干都没找到，那就算了，不吃反正也死不了。

中午十二点过了，外面才有动静。林芬奇和祁小燕回来了，两人的声音从客厅传来，很快就没了。徐明出去转转，发现她们正在厨房里忙着。看到他，林芬奇上前两步，把他拉到餐桌边坐下。徐明想，自己已经两顿没坐到桌旁吃上东西了，这会儿桌上仍然是空的，让他坐下算什么？

"平安去哪里了？"林芬奇问。

徐明摇头。

林芬奇说："早上我和小燕出门时，他还反锁在里头睡，这会儿不在里头了。"

徐明问："他去哪儿了？"

林芬奇头往后一仰，大声喊起："问你哩，你问我？我这辈子到底做了什么孽呀，生出你这样的废……"

徐明点点头。林芬奇虽然把后面的话吞下去了，但意思已经表达出来了。废什么？当然是废物。这时祁小燕端了一碗面出来，转身又进厨房三次，一共端出四碗面摆在桌子上。徐明往她脸上瞄一眼，从碗里蒸腾起来的热气把她五官遮模糊了，但也可能跟热气无关，只是他眼神不好，看不清她脸上的神情。

"吃吧。"祁小燕说得有气无力。

徐明眼睛闭了一会儿。胃想吃，脑子却不想吃。最后脑取胜，他站起，转身又走到阳台，坐进褐色沙发。祁小燕很快就过来，说："快去吃吧。"他一动不动，眼都不睁。过一会林芬奇也过来，恼火地揪住他胳膊往上拉。他仍然一动不动，眼也不睁。林芬奇说："唉，都是人，这几十年，我从早到晚心里塞得满满的都是你这个儿子儿子儿子，可是你呢，你的儿子你什么时候上过心？"

徐明眼仍闭住，鼻子却突然酸了。林芬奇再上心，他也不过成这样，九岁左眼就戳进铁片。徐平安至少眼没瞎，而且大学毕业，这怎么比？这时他听到轻微的窸窣声，眼不好的人耳朵总是格外好。他抬起眼皮瞥了一眼，祁小燕巴掌挡在嘴前，正趴在林芬奇耳边嘀咕着什么。两个女人对视一下，微微点了点头。祁小燕嫁进来三十多年了，虽然对林芬奇一直做出客气恭敬状，却从未如此水乳交融过。原来身边两个女人蓦然和谐起来，竟有几分吓人。

"你起来，"林芬奇上前拉徐明，"来，我们要跟你谈一谈。"

徐明从沙发起来时，祁小燕已经先离去了，她坐到餐桌旁，双臂像小学生上课似的工整交叉在桌面，脸却车开，呆呆望着屋角。

林芬奇也坐下，顺手拖了一张椅子让徐明坐。徐明站片刻，只能坐下。说什么？他想到徐平安。果然，林芬奇开口了，她向徐明前倾着身子，问："你知道什么叫网红吗？什么是直播吗？"

徐明犹豫了一下。网红他能猜个大概，至于直播，电视里不是经常有吗？但他马上意识到林芬奇显然不是指春晚、体育比赛之类的，就又摇了摇头。

林芬奇眉头拧得更紧了一些："徐明啊，平安不仅仅拍视频，他还开抖音、微视什么什么的，把拍的很多东西放到网上。"

徐明没有答。抖音、微视都是什么？连林芬奇都懂了，他却不懂。

林芬奇手在桌上重重一拍，说："你知道这一阵他做直播吗？"

"不行！"祁小燕猛地站起，"他这样肯定会惹祸，惹大祸的！"

徐明浑身紧了一下。"什么事？"他像是怕惊醒了什么，问得很小声。

祁小燕白了他一眼，用快得有些失真的语速，说了徐平安的大致情况。徐明上半身微微探出，一条胳膊支在膝上，像棵台风中被支住的树。老实说他听得不是太明白，但他没问，不问也大致猜得出来了：徐平安在网上突然红了，有很多粉丝。他用无人机拍下面的地铁工地，有时还站在阳台上直播，或者把之前拍摄的视频剪成短片播放。徐明不明白的就在这里，建地铁有什么好拍的？拍了又有什么可看的。年初地铁开建，路挖了，圈起围档，他每次路过，最多往围档上设置的不停喷射的水雾瞥一眼，起初不知道它们要干嘛，后来明白是为了降低粉尘的飞扬，还感动于建设者为往来的人着想。难道是拍这个？

突然他意识到另一个问题。他问："你们怎么知道这些的？"是啊，怎么知道的。

林芬奇看了祁小燕一眼，祁小燕点点头。林芬奇这才开口："上午我和小燕去大成公司，本来要找陈力力，他不在，我们就去找小齐了。他其实不想跟我们说，是被我们一点点挤出来的。"

"找陈力力干嘛？"徐明不懂。

"你怎么还不明白，"林芬奇坐直了，嗓子一下子大起来，"平安就是冲着陈力力啊！"

"妈您别急。"祁小燕这时候倒平静下来

了，"这事最后可能只有徐明出面才有用了，陈力力铁片伤的人毕竟是徐明，这个账怎么也都记着。徐明，妈的意思还是要让平安去大成公司上班，我们今天找陈力力，就是想让他给我们平安安排个更好的职位。职位高，收入就高。以前那个，平安可能嫌钱少吧，钱多了他就会去。去了，这些乱七八糟的事就没时间弄了。妈，你说是不是？"

林芬奇点点头，手指在桌上叩几下，说："徐明啊，你真的得向小燕学一学。"

徐明长吸一口气，又悄然吐掉。周围的所有人一下子都如此陌生，他能学谁？他谁都不想学。

十一

电话响了，是徐华打来的，她居然想买大成三期的房子。买就买呗，难道还要徐明同意？徐华说："我昨天就找小燕了，她拽得要死，爱理不理的。哎还是你去找那个陈力力给我打个折吧。"徐明马上说不行，打折哪是件小事啊？徐华马上不高兴了，她说："祁小燕前几天跟陈力力拍那么亲密的合影，今天还去陈力力办公室，这是什么关系啊，打个折算什么？"徐明马上问："你怎么知道的？"徐华说："她自己晒朋友圈啊，我还能杜撰？"徐明心里噢了一声，就把手机摁掉了。徐华又打来，他不接。

祁小燕跟陈力力合影他知道，祁小燕上午和林芬奇一起去找陈力力他刚才也知道了。但他不知道祁小燕没找到陈力力，只是见到小齐，却拍了陈力力办公室的照片，然后晒到朋友圈去了。他没微信，手机不能上网，他一时想不明白祁小燕为什么要把照片发上网，不发徐华就看不见。

徐明仍坐在餐桌旁，他相信自己跟徐华通话的内容，林芬奇和祁小燕肯定也听出大概了。他把手机重重捏在巴掌里，看着祁小燕，祁小燕却不看他，眼下垂，盯着手机。她用的是陈力力给的那部新手机，手机里传来的是徐平安的声音——徐明一怔，站起，走到祁小燕身后。他果然看到徐平安一张脸正装在屏幕里，徐平安在说话，说得很快，头晃着，手不时舞动。然后祁小燕手指往下一划，另一个徐平安穿着另一套衣服又出现了，还是很快地说，头动手动。

祁小燕手指再在屏幕上一划，徐平安不见了，但声音仍然是他。是一个片子，镜头从上往下拍，越来越大，变成了特写。十几个工人俯身在地面捡着什么，旁边站着几个穿干净 T 恤和白衬衫的人，双手叉腰，戴着草帽，看不清脸。徐平安在说什么呢？嗡嗡嗡的，还是地铁地铁。

徐明喘一口气。所谓嗡嗡嗡不是徐平安咬字不清，是他脑子仿佛塞满了乱草，连耳朵也堵上了，他听不清。"你为什么要把跟陈力力的合影还有他办公室的照片发上网？"徐明觉得这个问题他得先弄明白一下。

祁小燕把手机一揿，徐平安和地铁一下子都消失了。"你怎么知道的？"她眼斜过来，问。

徐明说："徐华看到了，刚才她不是要买房吗？"

"噢，"祁小燕嘴角向左扯了一下，"我自己朋友圈不能发吗？徐华看就看吧，她居然这么有钱，已经有那么多房子了，居然还要再买。"说到这里她瞥了一眼林芬奇。林芬奇刚要说什么，门响了，徐平安进来了，背着一个鼓鼓囊囊的双肩包。祁小燕先小跑过去，问："平安，你去哪了，我给你打了好多电话，怎么都不接？"徐平安没吱声，直接进了自己的卧室，关上门，过了几分钟才出来，走到餐桌边坐下，说："饿了。"

林芬奇已经在厨房了。刚才徐平安的面温在锅里，这会儿端上来。徐平安抓起筷子，快速往嘴里扒去，哧溜哧溜的声音一下子荡开。

祁小燕问："你去哪里了？"

祁小燕又问："你为什么要拍地铁的施工？"

林芬奇马上插上一句："你干嘛要去惹事啊？陈力力发达了，得让他把以前亏欠的补偿给我们。平安你还是好好去他公司上班吧。"

徐平安脸趴在碗上方，没有答。

"对啊，"祁小燕站在徐平安旁边，手搭在他后背上，"大成公司多牛啊，在里头上班我们也有面子。你现在这样做，有什么好处？"

徐平安头也不抬，说："没好处。"

林芬奇骂道："那你为什么还这样？小齐说了，他们公司好不容易才把东汉古城的事摆平了，结果却被你坏事了。你听听今天地铁有施工吗？听听！工人全撤了……"

徐平安仰头把面汤倒进嘴，放下筷子，站起，肩一耸，说："撤得好。"

"撤了？"徐明话一出口就开始后悔。上午在徐平安的房间阳台往下看时，他已经看到工地是空的。撤了难道跟徐平安有关？他想问的其实是这个。可是没有人理他，谁也没打算回答他，他完全像不存在。

祁小燕说："平安啊，东汉都多少年以前了，关我们屁事，快把那些视频都删了吧！"

"干嘛删？"徐平安站起，大步进了自己

的卧室，关上门。

祁小燕和林芬奇对看几眼，表情很一致，都呵着嘴，脸色难看。她们都不看徐明，徐明就也走了，到阳台上，坐进沙发。他得缓一口气，理一理头绪。小区前面在修地铁，施工挖地时挖出东汉古城，祁小燕认为是屁事，徐平安不知道怎么认为的，但徐平安把这些拍下来，放到网上……怎么拍的？

铃声响了，是徐明装在裤兜里的手机。平时他手机几天都不会响一次，今天特殊，刚才徐华打过，这会儿又响，屏幕上显示的是一串陌生的号码。接起，是小齐。小齐说："徐先生，有空吗？我们董事长想见您。"徐明像被烫着，脱口说："没空！"小齐说："就一会时间，我开车过去接您，可以吗？"徐明说："不行。真的没空。"

放下电话时，他心跳得很快，可是他做错了什么？

祁小燕仍坐在餐桌前，低着头，盯着手机，里头仍然传出熟悉的声音，是徐平安，一会儿变成老年人沙哑的嗓音，很激动地扯大嗓子说东汉古城有多重要，接着则是几句听起来耳熟的话："怎么可能啊？我跟你说，那些地方志专家为什么闹你知道吗？他们想买大成的房子，要求我们打折。房子那么俏，一开盘就卖光了，你说干嘛打折啊？打折是对其他业主的损害，是不是？"

徐明一怔，他记起了，这几句陈力力是在那晚餐桌上说的。俯下身盯住屏幕，看到那张直径三米的餐桌上的自己，还有陈力力和祁小燕。

祁小燕脸色也变了。那天晚上徐平安一直不停地说话喝酒，他什么时候拍的，又用什么录了？徐明大跨几步，站到徐平安卧室外，没有犹豫，他先是拧动门把，拧不动，马上又举起手重重拍打着。

"平安，开门！"喊的人是祁小燕，她和林芬奇也跟过来了。

又敲门，又喊，三个人接连喊了好一阵，徐平安才打开门，脑袋上罩着一副大耳机，手仍抓住门沿，随时打算再关上。徐明向前一步，身子抵住门，祁小燕马上挤了进去。结婚这么多年了，夫妻间从来没有这么默契过。

"你们干什么？"徐平安很不高兴。

徐明盯着徐平安。这个人因为那副耳机，头一下子大了一圈，变得陌生且奇怪。自己生的儿子，也许他从来就没有熟悉过。

"你在直播？"祁小燕问。

徐平安把耳机扯下，耸了耸肩，说："没有。"

徐平安的声音又响起来了，不是从徐平安嘴里，而是从祁小燕手机里。然后祁小燕把手机递过去，另一只手指着手机屏幕。

徐平安眼皮一垂，笑起："你居然也有抖音啊。不是直播，发了一个短视频而已。"

徐明问："什么时候发的？"

徐平安侧脸瞥了一眼徐明，显然他有点意外，说："刚才啊，你也有抖音了？"

徐明说："快删了！"

徐平安噘噘嘴："为什么要删？"

林芬奇揪住徐平安的胳膊说："你叫平安，只要平平安安就行了。还是删了，回头去他公司上班吧。"

祁小燕也上前一步："就是啊，干嘛这么傻去得罪他？他欠我们的，得把钱赚回来。"

徐平安很不耐烦："这多劲爆，劲爆才有流量嘛，上传才这么一小会儿，你们看看阅读量多少了。别管我，你们不懂，走吧走吧。"

徐明手机又响，接起，没想到是陈力力："徐明，有话好说，你们这样就没意思了。"

徐明用舌头舔舔唇，唇一下子成两片沙漠，非常干。

陈力力说："至于嘛？过去的事早就是陈芝麻烂谷子了，那时我们几岁，现在又是几岁？"

"嗯……"徐明嘴张了几下，还是说不出话来。

陈力力说："房子你们当时买多少钱？我可以退你，白送你一套房行吗……"

徐明打断他："不行。"

陈力力大概没有料到徐明会这么说，手机里安静了几秒："嫌少？大成的房子现在一平米多少你也知道。"

徐明说："不知道。我不要你钱。"

陈力力说："那你想怎样？"

徐明觉得耳疼——是头疼，胸口也疼。他重重地吸一口气，说："抱歉，我还不太懂……"

陈力力呵呵笑起："徐明啊，装傻就没必要了。这么多年我什么风浪没经历过？你要是念旧情，大家还是朋友。过分了就不好，你说是不是啊？就这样吧，我还有事。"

手机传来嘟嘟嘟的信号音，断了。徐明把手机从耳旁取下，无措地盯着上面看。这部机子已经用好多年了，屏幕只有一小块豆腐那么大，亮了一会，很快就黑屏了。他左右一看，林芬奇和祁小燕不知什么时候起已经站在他两侧了。

"谁呀？"林芬奇盯着他问。

祁小燕问："是陈力力？"

徐明去倒了杯水，喝下。居然这么渴，仿

佛体内的水分在陈力力那通电话中都顺着电流跑光了。

祁小燕突然叫起，她把手机往上举，大声说："哇，没了！"

林芬奇问："什么没了？"

"你们看。"祁小燕把手机立起，转一圈，全屏是黑的，中间一块白，写着"此账号已被封禁"。

场面静止了片刻，徐平安转身到桌前抓起自己的手机点开，然后嘟囔一句："靠，被封号了？本事这么大啊。"

"你看你看，"林芬奇说，"现在知道人家是何等人物了吧？"

徐平安恼怒地走过来，把三人推出去，重重地关上门。

徐明走到阳台，坐到褐色沙发上，仰起头，闭上眼。很不舒服，像有几个拳头在心里头横七竖八地击打着。这一天都发生了什么事啊，一大早林芬奇就来，然后祁小燕和林芬奇去大成公司，然后小齐和陈力力打来电话，所有的一切都围绕着徐平安，徐平安拍地铁施工，徐平安拍了那天晚上吃饭——是偷拍！

徐明猛地坐直，头向上仰，这个瞬间眼前一黑，如同九岁那年，他走在奋发路上，从夏伟伟掌心蹦起的铁片迎面而来，插进他眼球。

十二

晚饭徐平安不出来吃，祁小燕去敲门，他隔着门说已经带外卖回来了。

徐明早餐忘了吃，午餐吃不下，这会儿肚子也不饿，但还是被林芬奇拖去吃了几口，然后又回到阳台的褐色沙发上。一会儿林芬奇跟出来，坐到矮凳上，僵着身子，双掌按住膝盖："这几十年我没有一天心里是踏实的，总是怕出事，现在你看还是出事了。人家有钱有势，平安真是太傻了。好好的大款不去傍，反而这样。他会不会被抓走啊？而且，要是门口地铁建不成了，小区里的人不也恨死我们？他们会不会气得打平安？"

徐明长长叹了口气，胸口那里像一枚充气中的汽球，正不断胀大撑起。为什么要偷拍呢？他掏出手机，给徐平安打了电话，他说：“我在阳台，你来一下。”徐平安嗯了一声，但十几分钟后才出来。“为什么要偷拍呢？”徐明问的还是这个。

徐平安噘着嘴一笑，一种你懂什么的意思布满全脸。

徐明想自己是不懂，所以得问：“为什么要偷拍呢？”他重复一句。

徐平安身子往玻璃门上一靠，问：“眼睛这事，你真的从来都不介意吗？”

徐明不知道怎么答。九岁一只眼就坏了，神仙才不介意吧？中秋前一天徐平安曾问过他，如果换过来，是他弄坏夏伟伟眼睛，他能不能当市长？不能，不是谁都能当市长的，但至少他和夏伟伟的距离不会像现在这么大啊。

林芬奇仰起头问：“平安你是不是要报仇才这样做的啊？”

徐平安耸耸肩：“也不是，只是巧，反正

让我赶上了。这事有含金量，含金量等于流量。你们忘了我大学是学什么的吧？"

林芬奇说："你就别乱搞了，听话，还是老老实实去大成公司上班吧。"

"什么叫乱搞？"徐平安一下子不高兴了，"东汉古城你知道有多珍贵吗？那样破坏性乱挖，良心不痛吗？从地铁开工到现在。专家一直在呼吁，不能挖，文物不可再生，毁了就没了。我采访了好几个专家，他们急得不行，说着说着都掉眼泪了。"

祁小燕从客厅出来，推了推徐平安："听说挖出来的都是破砖烂瓦，那些东西送我都不要，根本没意思。"

徐平安往旁闪了闪，说："你把跟人家的合影晒到朋友圈虚荣一下就有意思了？"

徐明站起，看着徐平安，问："你到底是不舍得古城，还是为了做那个什么流量？"

徐平安已经提不起劲回答了，斜着眼问："都有，不行吗？"

徐明说："流量干什么用？"

徐平安说："赚钱啊。"

徐明不知道这是怎么赚钱的，但现在这已经不是他想知道的问题，他问："为什么要偷拍？不管为了什么，都不能偷拍。偷是下流的，你干嘛偷？"

徐平安鼻孔里哼了一声，转身走掉。徐明要追出去，祁小燕说："算了，反正他账号都已经被封，再也发不出来了。"

徐平安已经走到客厅，这时候冲这边喊道："封得住吗？越封我越要放大招。"话音一落，就传来重重的关门声。

徐明猛地从沙发上站起，粗粗喘着气，一会儿又身子一松，颓然坐下了，双手支在膝上，勾着头。夏伟伟能管一座城，陈力力有那么大的公司，他却连一个儿子都无能为力。

"平安的大招是什么？"林芬奇很紧张，声音有点打结。

祁小燕说："我一起跳舞的姐妹也有开抖音的……"

林芬奇打断她："也是说地铁的事？"

祁小燕说："不是，是专门发自己跳舞的。我向她们打听过了，号一封，就发不了视频了，更不能直播。"

"噢。"林芬奇吁一口气，将信将疑。

徐明伸手把林芬奇一撮散乱下来的头发捋起，往她耳后夹去。"妈，"他说，"今晚迟了，你别回去，就在客房睡下吧。"

林芬奇摇头："我自己的床睡习惯了。公交车还没停，我这就回。你们也累了，我在这里，你们也睡不好。"

林芬奇走时，徐明把她送出门，被林芬奇拦住。徐明不说话，也不回。电梯里没有人，灯从头顶罩下，把林芬奇一头白发和佝偻的背一下子放大了——也许本来就是这样了，只是徐明之前没有细看。他也很久没注意过林芬奇的步态，僵硬，迟缓，每一步都迈得细碎微颤，眨眼间她就这么老了。

到小区大门时，林芬奇说："你回吧，早点睡。"

徐明突然把手插进她胳膊，这是他从来没

有做过的动作，林芬奇也愣了一下。这时手机响了，徐明接起，是祁小燕打来的，祁小燕说："你们等等，我在车库里了。我开车送妈回去。"徐明把这消息告诉林芬奇，林芬奇显然有点意外。其实徐明也意外，祁小燕对林芬奇一直只是嘴上乖巧顺从，实质性的东西却不多。

车到了，徐明给林芬奇开了后座门，他也坐进去。林芬奇这会儿没阻拦，她来这边多少次了，从来没人开车送过她，突然被送一次，似乎都不知所措了。从大成小区到老房子不算远，不过七八公里的路程，一路上谁都没开口。到了，林芬奇下车，徐明也下，再次把手插到她胳膊上，扶住她，跟她一起上楼。走台阶时林芬奇手按在膝盖，每跨一次身子都歪一下，先把一只脚支撑住，再把另一只脚提上来，嘴呵着，用力呼出气。徐明咽一下口水，突然想起徐华说过的，徐刚健说不定是爬楼梯累死的。大成小区是电梯房，他已经习惯上上下下都不需要费力气了，他多久没爬楼梯了？他气也喘。"妈，"他小声喊。林芬奇可能没听到，一点反应都没有。"妈，要不以后搬我那边住吧。"他又说。林芬奇还是没反应，她低着头，正一心一意对付台阶。

到五楼了，林芬奇让他快走，祁小燕的车还在楼下哩。徐明下楼，每一步都跨得犹豫。这台阶他从小到大走了几十年，每一寸都是熟悉的，现在，在昏暗的灯光下却如此陌生恐怖。终于到楼下，爬上车，祁小燕很不满，问："怎么去这么久？"徐明不觉得久或不久。祁小燕又说："急死了，刚才打你电话也不接！"徐明摸了裤兜，刚才他没听到铃声。祁小燕把手机往他跟前一递，说："看，平安干什么了！"

屏幕里在动，画面一闪一闪的。车内很暗，发动机还没点火，车灯也没开。祁小燕坐在驾驶座上，头向后仰，无力地靠在椅背上。这是徐明最不想用眼的环境，他不能在黑暗中看动和亮的东西，可是现在他必须看了。年轻的穿军装的徐刚健、同样年轻的烫着大波浪的林芬奇、年幼的瞪着大眼看镜头的徐明，这些照片都曾被徐刚健工整装在相册里。徐平安在说话，他有时露出脸，有时候人没了只剩下声音。他说铁片，对，飞进九岁徐明眼中的那块铁片，这样饭桌上陈力力就出现了，不时说着"伟伟"，公园里和跳《梨花颂》大妈在一起的夏伟伟也出现了，他跟徐明握着手，说"你好徐明"……徐明仿佛置身于一台轰鸣的机器中，眼前有很多光影在闪，他忽然想起两个字：大招。

"你不是说号封了就发不出来了吗？"他像跟自己说，声音低得甚至有点浑沌。

祁小燕说："不是发抖音，他把你和夏伟伟、陈力力的这件事做成纪录片了，发在自己的微信公众号上，这是完整的视频。他还有一大堆微博、微视、视频号、西瓜视频等等，有的整个发，有的分段发。真的疯了！"

徐明说："你知道他还有那些东西，也不制止！"

祁小燕身子猛地从椅子靠背上跳起："我哪里知道了？刚才都是小齐发给我看的。小齐本来想处理好这事，他要买到公司折扣低的房子，可是因为平安发那些抖音，他已经被开除了。你懂吗？你什么都不懂！"轰的一声响起，点火了，祁小燕手动得很快，仿佛是方向盘得罪了她。车子拐上大路，车和人都不多了，两旁路灯在树丛间泛出塑料感十足的光。树很密，树干发黑，枝叶往路中央聚拢，遮住了天空，跟奋发路很像……噢，就是奋发路啊。徐明拨直身子，摇下车窗，盯着外面看。恰好正经过一个宽阔的大门，门前加了栏杆，站着保安，拱形门上有颗硕大的红星。

市委机关宿舍大院！作为市长的夏伟伟应该也住在里头吧？还有夏伟伟的老婆。他收回身子瞥了祁小燕一眼，想让祁小燕停车，他要下去走走。祁小燕在他左边，他左眼坏了，就把全脸都侧了过来。其实只有一瞬，马上又转开了。正开车，祁小燕专注盯着前方是对的，但也有不对的地方。这会儿她脸上堆满了恼怒、委屈、厌恶，灯光从前车窗打进来，她的脸一会儿亮一会儿暗。夏伟伟和陈力力的老婆什么

样的？他突然想到这个，一个是市长，一个是
董事长，他们的老婆美色和素质哪里是问题
呢？有问题也可以换。而他，按林芬奇的说法，
他这样的人，只能娶到身体正常没缺陷的祁小
燕。一个小铁片把他和夏伟伟、陈力力分隔到
两个世界里了。

徐平安卧室门关着，祁小燕一进屋就直接
走过去敲门。"平安，开门！"这一句她重复
了十几次，但门一直没开。祁小燕一扭身抓起
沙发靠垫往门上扔去，靠垫是软的，撞击声比
巴掌更小，不过恰好这时徐平安打开门，靠垫
往他怀里冲去，他一把抱住，像抱着一个婴儿。

"把那些删了，你要惹大祸啊，快删掉！"
祁小燕弓起身子，声音嘶哑地吼。

徐平安嘴一撇，说："反正他们都会删的，
不急，让子弹先飞一会儿。"

徐明唇动了动："为什么要偷拍呢？偷是
下流的。"除了这句话，他不知道还能说什
么。一路上祁小燕都气呼呼的，在小区地下车
库停好车，也自己先下来，径自往前走，走出

十几米，等徐明也下了车关上车门，她把手里的钥匙远远一按，嘟的一声锁上了，头也没回。然后进电梯，然后进家门。她从来没发过这么大的火，可是徐平安却若无其事，似乎不过多吃了一个苹果。

他猛地转身向外走去。祁小燕喊道："你去哪里？"他没答，带上门，下了电梯。

小区里已经很安静，夜越来越深，人也越来越少，但大部分屋里的灯光还亮着。他在楼下的草坪上坐下，双手环在膝上。能去哪里？哪里都去不了。一个灰暗的夜晚，月亮根本就不知去向，天上像铺着一块厚厚的粗布。他取出手机，屏幕在暗处亮得格外刺眼，他忍住了，调出最后通话，那是陈力力打来的，他回拨过去。嘟嘟嘟一声接一声地响，没有通，最后一个女声出来，说"您好，您拨打的号码暂时无人接听，请您稍后再拨"。

找陈力力什么事？他握着手机愣了一会儿。

这一阵祁小燕急着找夏伟伟，徐平安又把

夏伟伟和陈力力都弄到网上去。他不上网，但听过网的厉害。九岁那年，他一个仰头，然后一切都变了。现在徐平安把这些弄上网，夏伟伟会丢官吗？陈力力会做不成生意？铁片不是故意落进眼睛的，偷拍就不一样了，偷都是害人。

　　他又拿起电话，这回调出的是倒数第二个通话。他记得这是小齐的，小齐已经辞职，但说不定仍然愿意帮忙找陈力力呢？徐平安发上网的那些东西，陈力力得尽快知道，陈力力知道了，夏伟伟也就知道了。删掉，封掉，处理掉。可是仿佛约好的，小齐也没接，那个女声同样让他稍后再拨。

　　楼在七八米外，他仰头看着，一层层往上数，数到第十六层，停住了。太高了，其实已经糊成一团，只剩栏杆上立着被铝合金白格子固定住的玻璃墙隐隐约约，微弱的灯从客厅里透出来。他的家，刚才他匆匆出门，原来是要向陈力力通消息。可是他打不通电话，也不知道他们住哪里。他站起,腿有点麻。在原地立一会儿,再走出小区。风过,有点凉,他紧了紧身子,把衣服扣起,步子也加快了,几乎是小跑。

然后他就到那个顶上有红星的拱门前了。奋发路早就拓宽了一倍,原来左边的那排树现在立在路中央,拓宽出来的路旁新种下的也是大树,扎根几年,叶子已经茂盛地与原先的树融合一起。仍然是一条没有天空的路,在夜色里向上看,更是什么都看不清。

今晚他已经第二次到这条路上了。红星门内有保安,肯定不会让他进去。他只是贴近了,在门外角落里站着。夏伟伟会不会这时候恰好进出?

汽车喇叭突然从背后传来,他扭过头,看到几米外停着车,车门开了,一个女人跳下来,跑向他。祁小燕!

"回去睡觉吧,"祁小燕揪住他衣角,说得声音轻缓,"平安的那些视频都被删掉了,删光了。走,回去。"

徐明鼻子猛地一酸。祁小燕只在跟他刚交往的那些日子，用这种腔调跟他说话。他问："真删了？"

祁小燕点点头，衣角一直揪着，把徐明往车上拖。徐明顺从地走着，上了副驾驶室。车开了，他整个人后仰在椅背上，仰得非常彻底，整张脸与车顶天空形成两个平面。这几十年他一直刻意回避这个动作，连睡觉都必须侧躺，头向下勾，用手臂挡住。脖子那里的零件似乎坏了，他仰不动头，原来竟可以。

"小燕。"他叫。

祁小燕轻轻按一下喇叭算是回答了。

徐明唇动了动，又闭拢了。他本来想告诉祁小燕，明天他要去找陈力力，最好也找到夏伟伟。不该偷拍，很抱歉，但不是他指使的，无论他们信不信，这一点他都必须亲口解释一下，再当面道个歉。

另外，路下面真的是东汉古城吗？古城真的像徐平安说的那么重要吗？他只有一只眼睛，很多事都不懂，也一直懒得懂，但这个他想弄明白。是文物，地铁就该绕道，不能再挖！
这话他也要大声对夏伟伟和陈力力说出来。

　　他重重地吸口气又重重吐掉，突然觉得这
几天一直蜷起来的心舒缓了很多。

渔家姑娘在海边

　　能不能戴帽子去，陈英为难了一阵。陈星开车来接她，让她进城去帮一阵忙，说白了就是当保姆，保姆不能戴帽子吗？陈星厉声说："又不是秃子，戴什么戴！"陈英就把已经扣在头上的鼠灰色羊毛帽脱下，放入衣橱。陈星

比她小十六岁，是她弟弟，这个弟弟一直这样
对她不容置疑地说话，她每次也同样不容置疑
地听从。这几十年她几乎每天都戴帽子，夏天
遮阳，冬天保暖，春秋没有实质性的功能，也戴，
就是觉得头上加了一顶帽子，人就有了边界，
如同木桶被箍上竹条。突然不戴，脑袋一下子
悬空了，像只气球飘来飘去。

陈星催："走吧走吧。"

陈英点点头，提起箱子跟在他背后往外走，
锁门，上车。车从农场大门开出去时，她扭头
往回看了一阵。这个国营农场是六十年代初建
起的，最初大部分接纳转业军人，拓了半座山
种茶和梨树。过了几年从城里来了很多知青，
茶园一下子扩大，果树也多出柑桔、龙眼、枇
杷、芒果之类，一眼望不到头。陈英十八岁嫁
进来，觉得跟进皇宫差别不大，从未想到有一
天会离开。她想去吗？不想。托陈星找保姆的
人是徐右林，但不是去徐右林家，而是去城里
章久淑家。

陈星是副镇长，徐右林是副县长，章久淑

以前是市委常委、宣传部长，而陈星和徐右林是中学同学，章久淑则是徐右林大学同学的表姐。这么小的事，却绕了这么一大圈。快过年了，章久淑儿子一家四口从上海回来，需要一个做家务的。可靠、朴实、话少，这三个条件是徐右林领会后总结出来的。徐右林不认识陈英，章久淑也不认识陈星。一开始大学同学在微信群里说要找保姆，徐右林马上让陈星找，陈星就把陈英的照片发给徐右林，没说是自己的姐姐，徐右林转发给同学，同学在美国，但不影响发微信，就把陈英照片再转给章久淑，章久淑回复好，然后就通过了徐右林的微信验证申请。

　　陈英平时穿着一直简单，不烫发，没有裙子，一年四季脚上都套着平底北京老布鞋。陈星又特意叮嘱她，不要带新衣服去，越旧越好。她明白，当保姆要干活，又不是去做客。找了找，柜子里也没几件新的，就挑出颜色灰暗点的毛衣、运动裤、薄羽绒服。头发刚过肩，也不需要修剪了，用皮筋扎成马尾。她很瘦，坐月子都没胖过，倒是一直想胖点，但没用，吃下去再多的东西，都像进了无底洞。

车不是直接开去城里，而是先拐去县城接上徐右林，然后三个人一起去章久淑家。

是一个看上去并不起眼的小区，连大门都是窄窄的，楼房一共五幢，呈品字形摆列，都不太高，十一二层，刷着淡黄色涂料。车到门口被保安拦下，徐右林拿出手机，接通后递给保安。保安才喂了一句，马上声音软下去，说好的好的。然后把手机递还，手一挥说："走吧。三号楼1101。"

徐右林不知道三号楼究竟是哪幢，看上去他也是第一次来。他穿着西装，打上领带，胖，粗大的脖子因为被领带勒住显得非常仓促，几乎嵌进肩膀。以前陈英都是从电视里看到穿这么方正的男人，他们总是匆匆赶去哪里开会。一直到现在，她脖子都又细又长，她不喜欢没脖子的人。但无论如何，徐右林轮不到她喜欢或不喜欢。

小区的路是环形的，右进左出。正面与大

门相对处看似随意地砌着一堵青石墙，墙左右两旁整齐种着纤细的小琴丝竹，形成类似玄关的效果。陈星开着车转一圈，又停到大门旁。坐在副驾驶位上的徐右林按下车窗，笑眯眯地看着保安："请问哪幢是三号楼？"

保安应该来这里久了，脸色有点旧，眼皮懒懒地合紧又撑开，手潦草往上一举。

徐右林和陈星对看一眼。陈星没开口，应该明白过来了。车往前开，开到中间那幢，下车看，楼身上确实不起眼地贴着一个蓝底白字的小牌子，上面写着"3"。

很奇怪，楼房为什么不是从左到右，或者从右到左按顺序排列？

下车后徐右林说等等，又打了手机，笑起，小声问："可以上去吗？"他脸朝着陈英，却不是对陈英笑，也不是陈星。一个人隔着那么远，对另一个完全看不见的人笑起来的样子，原来这么难看。收了手机，徐右林也就收了笑脸，说："走吧，章部长在等我们了。"

电梯走得很快，眨眼就到了十一层。有一

瞬徐右林目光在陈星和陈英脸上来回扫一眼，好像发现了什么，说："咦，你们怎么长得有点像？"

陈星笑笑，没有答。陈英不笑，也不答。家中四姐弟，陈英最大，陈星最小，两人确实长得最像。父亲眼睛细长，鼻子高挺，嘴唇薄，个子却不高。母亲长相平常，但脸小，腿长，个高。陈英和陈星取了父母长处，陈英身高一米七，陈星则超过一米八。

电梯停下，门开了，徐右林腿一抬急急跨出。1101房的门开着，章久淑已经站在门内等了，年纪与陈英相仿，个子也差不多，短发，大眼，笑得很温和。徐右林一下子矮下去，是腰那个部位折叠起来，头向前倾，看上去就像一根粗粗的拐杖。陈英跟在最后一个，一时弄不准这到底是不是见领导的标准姿势。她脖子紧起来，眼珠子左右动，发现门内的章久淑已经看过来了。"噢，就是她吧？不错不错，快进来吧。"前面半句的评价是针对陈英，后面半句招呼的是所有人，说着眼光也从陈英身上转开，落到徐右林脸上去。

徐右林和陈星呵呵笑出声，陈英没笑，此时她心跳不是太稳，不敢笑。

三人脱鞋，一个跟着一个缓缓进门。他们手都没空着，徐右林拿两盒燕窝，陈星提两盒茶叶，陈英手里则抓着 26 吋旅行箱，箱子是陈星老婆用过的。陈星老婆在镇中学教英语，每年暑假总喜欢带着儿子到处旅游。

"看着挺清秀啊，比照片还端正。"章久淑说。

徐右林马上说："今年六十二岁，抱歉章部长，年纪偏大了……"

"不会。"章久淑摆摆手，"刚好，太年轻了也不行。"

徐右林马上说："对对对，刚好刚好。她虽然六十出头了，但您看身材多好啊，简直快赶上您了，一点都没发福，看着就最多像五十岁。"

陈英已经并腿坐到沙发上了，双掌搁膝间。她瞥一眼旁边的陈星，见他正咧着嘴，脸

128

上浮着很多笑，不住地点头。她重新勾下头盯着自己的脚，陌生，古怪，假。刚才进门时，章久淑递给她一双粉红拖鞋，不是新的，但也不太旧。农场宿舍地面铺着青砖，那里的人都没有进屋脱鞋的习惯，在外怎么穿，回家还怎么穿。几十年里仿佛焊住了，她脚上一直是黑色北京老布鞋，灯芯绒的面，踝前一条带子绕过，扣住外侧，区别只在于冬天毛袜，夏天丝袜。

徐右林和陈星在客厅坐一会儿就走了，只有她留下，属于她的是入门左侧一间只有八九平方米的小房子，干净整洁，床、柜、桌、电视应有尽有。陈星当天晚上就发微信问她怎么样。她说好。又问章久淑对她如何。她说好。

二

章久淑儿子在上海开公司，娶宁波女孩为妻，生一儿一女，平时有空他们都去娘家，每年只春节回章久淑这里。大的孙子已经七岁，没有安静的时候，小的孙女才三个月，完全把儿媳手脚捆住了。章久淑急着找保姆，就是为了应对儿子一家。他们腊月二十八回，正月初九走，前后十二天。他们一走，陈英以为自己也可以回家了，章久淑却说："你回去休息几天再来吧。"陈英愣了片刻才回过神来，这是让她继续留这里。

章久淑单身一人，陈英不知道她为什么单身。

晚上章久淑出去应酬，她经常有应酬。陈英到楼下扔垃圾时，给陈星打了电话，她得问明白怎么回事。陈星在话筒那头支吾着，显然他也有点意外。他说："我正开车，过一会儿打你。"手机就断了。陈英她不知道陈星的"过一会儿"究竟是多久，她先是在垃圾站旁站会儿，又往旁边移几步。大约五六分钟过去，手机响了。陈星说："就按她的意思呗，你回去把家里事情处理一下——我看一周吧，最多一周，然后再去。"

话筒里很嘈杂，喊"干了！""快点！"

之类的，伴着重重的笑声。陈英已经明白，刚才陈星根本不是在开车，他在饭局中，那么他的"一会儿"意味着什么？她想到了徐右林。

母亲怀上陈星那年，陈英正上高一，十六岁，下面两个妹妹一个十二岁一个九岁，都还在读小学，她们三个猛然间做了同一件事，就是辍学。没钱了，钱必须集中给好不容易才到来的陈星。陈英和妹妹有不满吗？没有，她们也认为陈星好就是她们好。陈星果然很好，长得好，个子高，脑子还灵光，轻轻松松就考上大学，毕业后进了镇里，一步步做到副镇长，让陈家人脸上都有光。没有任何背景，陈星真的很不容易。

陈英和妹妹也不容易，父母早早给她们安排了婚事，嫁就嫁呗，彩礼都归陈星。老家只有小学，上中学得去十几公里外的镇上。陈英当时就是寄宿，陈星也是。陈星从来没带任何同学回过家，包括徐右林，但陈星最常说起的名字就是徐右林。徐右林爸爸是校长。徐右林姑姑是县里的什么局长。徐右林考上师范大学了。徐右林毕业后进团县委了。徐右林娶局长女儿了。徐右林提拔了……论关系的话，这个叫徐右林的人就是陈星唯一的关系。章久淑要留下陈英，陈星可能也没想到，他不敢做主，在那个"一会儿"的时间里，陈英猜他可能找了徐右林，徐右林让陈英按章久淑的意思，先回家，再去城里，继续在章久淑家做保姆。

　　天很黑，没有月亮，星星也没见几颗，仰头看上去，是无边的穹形铅灰。路两旁樟树又高又壮，即使是这个季节，叶子仍在半空中密实地交汇到一起，把路灯遮挡得昏暗幽深。五幢品字型大楼间，有个修着精致简约的小花圃，还有三个操场，大小不一的路从中穿过，通车和行人区分得有理有节。这里是市直机关干部住宅区，可能是以前统一建的，然后出售给机关里有一定级别的人。三号楼与其他楼外表看上去区别不大，不过陈英现在已经知道，这幢楼住的都是曾经或现任的市领导，每套房子结构更好、屋内面积也更大。

　　她没有马上回去，而是出了小区大门。小

区隔壁有个公园,搭三个亭子,外围一圈榕树,里头错落种些紫薇、扶桑之类的树,大片的草坪间纵横着几条用鹅卵石铺出的路,还有几块空地。很热闹,情侣、小孩,还有打太拳的老人和跳广场舞的女人。怕扰民,这里不许唱歌,打拳跳舞的伴奏音乐也放得很小声,声音一大马上就有戴红袖章的人过来阻止。同样到处是树,红袖章让这里与农场马上不一样了,毕竟是城里啊。

她转几圈,返回小区,上楼,章久淑还没回来。进门后她把厨房重新收拾一遍,客厅的地也拖过。章久淑说日常卫生一天做一次就够了,陈英却觉得不够。不是刻意的,她天生这样。小时候家里属于她的东西不多,但从记事起她都要井然摆放,被妹妹弄乱了,她又马上拢好,非得横是横竖是竖,一点都含糊不得。

手机叮咚响了一声,拿起来看,是陈星发的微信,问她方便电话吗?所谓"方便",指的是章久淑在不在边上,这是他们之前约好的。陈英把微信语音电话拨过去。陈星刚才在酒桌上，他喝过酒后可别开车。她问："你到家了吗？"

陈星答："是。"

陈英说："以后要少喝酒，酒伤肝。"

陈星半晌才嗯一声，问："你跟部长说好了吗？回去几天再去？"

陈英脱口问："一定还要再来吗？"

"当然！"陈星话又不容置疑了，"必须的！听说章部长每个月会给你开三千五工资，我加一倍，你一个月可以拿到七千。"

陈英打断他："跟钱没关系。我……不太习惯。"

陈星用更高的声音也打断她："什么习惯不习惯的，在城里，在那么好的房子里住，在那么大的领导身边，你不知道别人有多羡慕你，连我都羡慕。我跟你说啊姐，你不能有任何动摇，丝毫都不能有，你在那里对我和徐右林很重要，知道吗？"

陈英不解，问："什么重要？"

话筒里安静了几秒，然后陈星叹了口气，

说:"一句两句讲不明白。就这样,你老实呆着,回去几天,过了十五元宵节就去,明白了吗?"

陈英长长"噢"了一声,似乎什么都明白了,其实她一点都不明白。做个保姆而已,洗衣做饭清理屋子,这些事跟陈星什么关系?还有徐右林,她至今只见过一面的人,居然也重要?这时陈星又问:"章部长今晚在家吗?"

陈英说:"不在。"

陈星问:"她去哪里了?"

陈英说:"不知道。"

陈星嚷起:"以后你要机灵点,不能什么都不知道。"

陈英静默片刻,小声说:"好的。"

一直到放下手机,她都觉得这根本不可能,她哪能弄得清章久淑。刚才给陈星打电话时,她已经进了自己小房间,关上门,这会儿又出来,客厅仍是空的,章久淑的书房和卧室的灯也仍是暗的。她愣愣站了会儿,抬眼看看墙上的钟,走过去把阳台的门关上。起风了,过会儿章久淑回家时别被穿堂风吹着凉了。

　　另外，她记起该拿出一床新被套，把厚点的棉被套上。手机里不断提示，过两天今年最强冷空气将至。而过两天，她恰好要回家一趟。

三

　　陈英老家那个村叫洲尾，临水，但水只在村口绕过，更多的是村子后面渐渐高起来的山，国营农场就在半山上。第一批插队知青中有个女孩叫许三妹，中等个，两根齐腰辫的末梢总是扎到一起，像脑袋上吊着两只头缠在一起的大黑蛇。胖，嘴大，眼睛细长，腮帮圆滚滚地堆着肉，看着壮实，但挣到的工分都是倒数第一，一干重活就哭。农场偶尔放电影，还搞文艺联欢，这在洲尾村都算大事，村民涌去，挤满一礼堂。陈英带着两个妹妹也去过，每次都看到许三妹把长辫在头顶盘成髻，穿着五颜六色的长裙或阔腿裤，一个人在台上扭来扭去，圈转得又急又多，看得人眼都晕了，她还没停下来。这时候许三妹总是笑眯眯的，眼睛左眺右看，满脸都是说不出的撩人模样。报幕员说这是"独舞"。有一天许三妹突然出现在村小学，她被招进来当民办教员，只教跳舞。那时镇政府称为公社，公社差不多每个月都有几场汇演，庆祝节日或者什么大会召开，全公社各中小学好歹都得弄个节目去。唱歌跳舞吹奏乐器被统称为文艺宣传队，在许三妹来之前，洲尾村小学宣传队所有节目在预审时都被刷掉；三个月后，节目顺利过审，正式登台；半年后洲尾村小学节日被重视；又过半年，洲尾村就一枝独秀了。许三妹自己不会乐器，唱歌嗓子也不行，她说服校长把这两样都放弃，专攻舞蹈。她自己编舞，或者回城里学了搬来，马上就不一样了。洲尾村虽然地偏，毕竟是水路能到的地方，很早就算个人口密集的大村，加上国营农场的子弟，师生加起来有九百多号。全校做课间操时，许三妹在操场上走来走去，不时贴近某个女生，歪着脑袋眯起眼看，然后低声告诉对方：一会儿你找我。找她干嘛？就是她比划几个动作，让你学一下，再往上搬搬你的腿，拉拉你的肩。陈英最初就是这样被许三妹叫去，然后成为宣传队一员的。那年她六岁，刚读一年级，许三妹蹲下捏捏她腰，让她双手举过头顶，往上蹦跳几下，转两圈。后来许三妹有点小得意，反复说自己第一眼就发现陈英的天赋，小头小肩小屁股，骨架也小，协调性柔韧性太好了，手脚又长。她叹一口气说："你真不该生在洲尾村啊。"

　　陈英不这么想。洲尾村有什么不好？父母，两个妹妹，还有陈星，不生在洲尾村她就遇不到他们，没有他们活着多没意思啊。她也没觉得自己舞跳得有多好，音乐一起，手脚自然跟着动，就跟风吹树梢一样理所当然。演出很多，排练因此也密集，每天差不多都直接去练舞，上午下午，有时连晚上都得再练。许三妹比谁都费力，每天脸上都是汗，就是大冬天衣裳也总是湿的。陈英她们排练时，她拿根竹条一下一下往墙上打拍子，大声喊："上，下，提，转，蹬，走了！"又喊："给胸腰，腆出。立，

稳住。气息，用气息。舒展开，手腕不要折
了。眼神，眼里要有情绪。这样……"所谓的
"这样"有时是她自己跳一遍，有时把陈英拉
到前面示范。整整五年，陈英就这样围绕在许
三妹身边，等她小学毕业，许三妹恰好也成为
"工农兵大学生"，离开洲尾村。

　　陈英再见到许三妹是三年以后，这三年她
在中学宣传队里依旧是无人替代的一号。公社
只有一所初高中齐全的中学，校书记由公社副
主任兼任，演出仍密集地周而复始。那年电影
《海霞》上演，无论长得普通但演得传神的小
海霞，还是有两个大酒窝的美貌大海霞，都
火得发紫。里头的插曲也火了，《渔家姑娘在
海边》，真是入心入肺的美。那时学校里流行
手抄本，从小说、诗歌到歌曲。陈英也抄得起
劲，整天哼"大海边哎沙滩上哎，风吹榕树沙
沙沙响，渔家姑娘在海边哎，织呀织渔网，织
呀嘛织渔网"。没多久许三妹突然出现了，校
宣传队老师把她请来，教跳的舞就是《渔家姑
娘在海边》。

　　许三妹比之前又胖了一圈，细长的眼睛被肉挤得更小了，一笑就眯成一条弯弯的线，嘴因此显得更宽大。排舞时许三妹只来了两天，第一次演出时她又来，化妆、梳头、戴头花都忙一遍，然后坐在台下看。其他二十人拿着斗笠，陈英除了斗笠，腰间还独自系个竹篓，不停地旋转奔跑，在队列中高跳低盘。她那套立领边襟和大裤管的服装虽然跟别人一样，都是用日本尿素袋染一下做成的，但别人染的是酞青蓝，她却是粉红的，灯光下就像朵开在池塘上的荷花。一下场，许三妹走近，在陈英背上拍一下，说："真好！"

　　顿一下她伸手在陈英脸上摸一下，又说："就是饿三天，我也瘦不出这么好看的小脸蛋——噢，我得告诉你，整整五分二十八秒，舞台上，你都在发光啊。"

　　陈英正满头是汗，还有点喘。她的动作量太大了，在台上不觉得吃力，但刚停下来，气还是有点缓不过来。许三妹以前也经常夸她，她浅浅一笑，似乎该谦虚一下，但她没说出口，以为之后反正还有的是机会。这舞在公社又演过几次，然后去县里参加汇演，接着县里组织各公社巡演，掌声一片。可从第一次演出后，许三妹再也没在学校出现过。当然就是出现了，陈英也见不到。陈星出生了，家里一有陈星，陈英就不上学了。一开始宣传队老师轮番来，连校长都来了，劝了又劝。陈英抱着陈星直摇头，满心的欣喜像一串串气泡从每个毛孔往外冒。这是父母盼了多少年的弟弟，陈家的独苗，太珍贵了，如果必须用所有的一切换这个陈星，她也是愿意的。

老师一走，媒人就找上门了。先定亲，两年后结婚。丈夫是农场场长的儿子，得过小儿麻痹症，右腿短一截，背拱起，三十岁出头，二婚，前妻生儿子时难产死了，再娶，就娶到陈英。彩礼比其他人多出两倍，另加一块钟山表、一架蝴蝶牌缝纫机和一辆永久牌自行车。

农场建有几幢排列整齐的两层楼职工住房，还有办公楼、篮球场、乒乓球桌和一个带有舞台的大礼堂，这些都是村里没有的。场长也是洲尾这一带最有声望的人，比村里大队长更富更有权。父母啧啧啧地庆幸，陈英也认同。偶尔她心里咯噔一下的是丈夫的背和脚。"天鹅颈"，她记得许三妹对脖子这部位一直有特别的要求。"别耸肩！背拔起，腰立住，肩向下沉。对，这样——你们看陈英，头发像被人拎起，往上揪，高傲得像天鹅……"陈英没见过天鹅，但见过鹅，许三妹让她拔，她就尽力拔，拔着拔着，就成习惯了。无论如何，之前她都没想到自己会跟驼着背，走路一瘸一拐的人躺在一张床上。

丈夫自己倒无所谓，他小名就是"依瘸"，全农场的人都这么叫他，他笑嘻嘻地答，每天都高高兴兴的，动不动就搂着陈英喊："宝啊，你是我的宝啊。"陈英记得，在陈星出生前，父亲经常打母亲，骂她是废物，生不出儿子。喝醉酒手上抓到什么就往母亲脸上砸什么。丈夫却每天把陈英亲得满脸都是口水，给她端水捧饭，摸起来怕她皮肉痛，手都不敢使上劲。

还能怎样呢？不看他背就是了，也不看他怎么走路就好了。两年后陈英生下儿子，坐月子吃下很多农场里养的鸡，很奇怪也没胖，但脸粉嫩地泛出油光。满月那天丈夫特地坐农场的手扶拖拉机下山给陈英买布做新衣服，中途拖拉机翻下山沟，满车的人只是伤，独独死一个人，就是依瘸。同车的人后来说，依瘸一路都在说陈英。以前陈英在公社礼堂跳舞他都赶去看，这样这样，那样那样，说着就站起比比划划，咯咯咯笑。车就在这时翻了，他是在笑声中死去的。

母亲说："这就是命，人家对你那么好，你可不能负他。"

公公说："有我在哩，你和儿子我来养。"

陈英哭了几天，然后抹掉眼泪出门。她当然不会负丈夫，也不要公公养，只要有收入，她可以省吃俭用自己把儿子养大。但上学时她都在排练和演出，课上得少，学的文化自然也少，其他事她做不了，也不能正式入编，只能在农场收发室当个临时工。倒还好，好歹过下来了。后来公婆去世，儿子也大了，去长沙打工，在那边娶妻生子。丈母娘家是本地人，有房子，家境宽裕，身体也好，可以帮着带孩子，总之都不要陈英操心。

农场早就散了，知青走光，山上的果树被承包，资产划归村里，这样陈英仍然是洲尾村人。她始终没有回娘家住，农场有丈夫留下的房子，还有地，种点菜养点鸡鸭，一天天的也没什么愁苦。有时往坡上瞥一眼，那里有一座墓埋着丈夫和公婆，以后她也会埋进去。一眨眼，一生很快就过完了。

哪想到有天陈星突然给她电话："姐，你一定要帮我一个忙啊，好不好？"

她当时就笑了。这几十年，只要是陈星的忙，她什么时候不帮啊？农场里分点肉或水果，她都要匀出大半送去给陈星吃。陈星刚到镇里工作时还是单身，她每周都要骑自行车去，给他洗衣服和清理房间。这个傻陈星。她马上说好，然后就被陈星和徐右林带到章久淑家了。

四

陈英跟章久淑说自己要回农场一周。章久淑说好，还特地递过几盒酥饼，让她带回。

父母都去世了，两个妹妹嫁外村，陈星在镇上，老家已经空了。农场当年就修了通车的土路，但从城里来的班车只到村口。下了车有很多骑摩托车的人来拉生意，陈英觉得没必要，她可以自己走上山，这条路她已经走了几十年。

最鼎盛时农场有四百多人，除了知青，还有各地招来的有工资有劳保福利的集体制员工。现在能走的都走了，剩下三十多人，都是头发花白的，一辈子靠山吃山，老了也只能呆在山上一起晒太阳打麻将，反正有退休金，倒也乐呵。前几年有人把荒废的果园承包走两三亩，办起农家乐餐馆，兼营民宿，曾经热闹过，这三年多消沉了，不过最近又开始起色，周末总有人开车来，让山上热闹了不少。

看见陈英，老工友马上嘴就咧开，很高兴。

"哎呀呀你终于回来了。"陈英心里也叹口气，是啊，终于。其实才十来天，怎么竟觉得有十几年呢？那天走得匆忙，她以为去去就回，所以床和柜都敞着，这是她这次急着回来的原因。山上草木多，蚊虫也多，灰尘却少，如果仅离开几日，倒无大碍，但章久淑留她，陈星说要听章久淑的，那时间就没个底了，她得回来收拾一下。

当初为了照顾依瘸腿脚不方便，农场特地把一楼靠东面的两间房子分给他们，没有产权，但可以一直住着，这就够了。房子外面是块开阔地，倒上水泥，放着几张石凳，还有钢构滑滑梯、铸铁单杠之类的简陋器械。陈英在门外眯起眼看了一阵，都是她熟悉的东西，再看，又有些陌生了。四十九岁那年，她肩突然撕裂般痛，无法上举和提重，半夜一转身就疼醒。陈星那时还只是镇里的宣传委员，也没买汽车，他借了一部摩托车到农场，把陈英载到镇医院。没大问题，肩周炎。除了拿些外贴和涂抹的药，医生还教了几个动作，说锻炼一阵就能好。陈英一看，不难，跟以前许三妹让她们练的开肩动作差不多。每天晚上她就在屋前空地上动一动，先双腿分开站立，双臂拉住低杠，上身前俯，胸找地，一点一点用力往下压，再侧拉、后拉。从十六岁到四十九岁，她身体已经静止了三十多年，关节不知不觉间僵住了，被这么一扯，嘎嘎响。陈星说痛就是身体发出的警告，老天让你活着，就是让你动，死了才一动都动不了。陈英想儿子不在家，自己如果病了，又得让陈星为她折腾，她确实得动。邻居的女儿在广州开瑜伽馆，回来探亲时，教了她一套动作，除了拉肩，还有松胯、练腰和拉腿。也不难，她柔韧性本来就好，折腾了一阵，肩果然不痛，整个身子都伸展开来，精神也好了很多。人懒下来会成习惯，动久了，停下来也不舒服。去章久淑家这十几天，她其实也没停。不是有床吗？地板上也可以。中午或晚上睡觉前，她都要关上门做做青蛙趴、平板支撑，再展胸、压肩、开胯、拉腿之类，只要不弄出响声，练多久都没人知道。

　　来了很多工友，听说陈英回农场，他们都很高兴，有的还提着自家种的青菜，堆到灶台上。陈英把章久淑送的酥饼分给大家，说："谢谢，不用了，我过两天还得走。"大家都很意外，大声"噢"了一句，接着就问为什么。陈英笑笑，没有答。他们就更好奇了。山上没有秘密，你家的事一直就是我家的事。陈英儿子在长沙是住在丈母娘家，她难道也要挤进亲家那套房子里？陈英动了动唇，突然想起陈星的交代，让她不要对外人提起到章久淑家的事，便马上抿紧嘴。屋里的人互相看看，脸多少有点涩起来。邻居说："陈英啊，这些天你不在，我们广场舞都跳不起来了。"陈英还是抱歉地笑笑。前些年见陈英在楼前空地上拉伸，拉到竖叉、横叉都重新变得非常轻松，邻居几个女人看着羡慕，就跟着她一起动。后来有人提出跳广场舞，这个大家都有兴趣，就让陈英先跟着视频学，然后教她们跳。还真跳起来了，每天早上七点空地上就响起音乐声。一开始只有五六人，后来越来越多，女的男的都有，连农家乐那边的女服务员也抽空跑来。空地显小了，就移到二三十米外的篮球场。陈英因此还去淘宝买个拳头大的小音箱，每天拎去放音乐。

这一刻她突然有点沮丧。早晨在篮球场跳跳舞，中午做一套瑜伽，晚上再到空地上拉拉伸，这才是她的日子。工友们都走光后，她给陈星发个微信："真的不想去，不去不行吗？"陈星没有马上回复。已经中午了，她去小超市买两包方便面，回来时家门外停着一部黑车小车。陈星来了。她自己可以吃方便面，陈星怎么能瞎对付呢？她说："我再去买点菜。"陈星拦住她，说："我已经吃过了。我们进门说吧。"

屋里已经打扫过了，陈星一屁股坐下，点根烟。手机里说抽烟有害健康，可陈星到镇里工作没多久，就抽起烟。陈英泡了杯茶放在陈星面前，意思就是让他放弃烟。陈星好像没明白，一直把那根烟抽完，才动了动身子，叹口气，看着窗外，眼神是呆的。

陈英从来没看到这样子的陈星。她盯着他，心跳很快。出什么事了？手机里大大小小官员被抓被审被关的消息不断，每次看到她心里都咯噔一下。贪官可恨，但一联想到陈星，她又不免忐忑。陈星贪吗？她不知道。上了大学，读了那么多书，应该去做科学家、建筑学家，可陈星却偏偏要到镇里。久站河边，万一湿鞋呢？

陈星说："姐，我今年几岁了？"

陈英眉头皱起，她觉得问题更大了。"你比我小十六岁，我六十二，你四十六。自己都不记得了？"

陈星右手掌支着下巴，长吸一口气，重重吐掉，不说话。

陈英上前两步，俯下身子，问："怎么了？"

陈星不看她，眼睑低垂着，小声嘟囔道："已经四十六岁，时间不多了……"

"胡说什么啊！"陈英打断他，"这才多大啊。"

陈星摇头，说："你知道副镇长是什么级别吗？副科。上面有正科、副处、正处、副厅、正厅……姐，过了五十，提正科都难了，知道吗？你说我怎么办？"

陈英脖子梗着，不敢动。她真的不知道，她知道这个有什么用？陈星的老婆是镇中学最好的英语老师，儿子读到高一，成绩在年段不是第一就是第二，这日子是多大的福气，陈英想想心里都流蜜，陈星却发愁，问她怎么办。她说："你呀，你是全村最出息的人……"

陈星很不满，身子一挺，大声喊："洲尾村鸡屁股大，再出息有什么用？我有那么傻吗？我不配当镇长、县长吗？"

陈英连忙摆手，说："不是不是，你能当副镇长，我们家祖坟已经冒青烟。爸妈在地下肯定笑得嘴都合不拢。"

"姐。"陈星叫一句，突然哽咽了，"我如果当厅长、省长呢？他们不会笑得更开心？我怎么出生、怎么长大你都忘了吗？是我把你、二姐、三姐都毁了。手心手背都是肉，你说爸妈怎么那么狠心呢？"

陈英说："瞎说什么啊，我们不都好好的，哪里毁了？"

陈星低下头，很久才抬起，闭着眼，很用力地说："二姐嫁的是什么人？吃喝嫖赌的二流子。三姐呢，嫁给那个整天打老婆的老光棍，一直到我找了村干部治他，他才不敢打。小时候我第一次见三姐被打成那样，就打定主意要上大学，要回镇里当官。还有你，你最惨……"

陈英马上说："我不惨！"

陈星摆摆手："我告诉你，我刚到镇里时，年纪稍大的同事一听说我是你弟弟，都一下子睁大了眼。真的没想到你当年那么红，那么红啊。他们都说你舞跳得好，长得也好，反正跟电影里都快有得比了，却因为我不上学了。姐，你说我这辈子活得有多累？爸妈之外，还有三个姐，每天我都在跟自己较劲，我要不活出人模狗样来，你说我怎么赎这么大的罪？"

陈英手按到陈星肩上，轻轻捏了捏。"这样就太见外。我们是姐弟，什么都是应该的。你好好的，我们就很高兴。"

陈星眼猛地一睁，脸往上抬，看着陈英。"可是我不好，我没关系没背景，能好吗？我最多靠徐右林，可是他有屁用。说是副县长，但排位是最后一个，又贪，手脚一直不干不净，劝都劝不住，这不，现在终于惹上事了。他自身都难保，还有什么可指望的？"

陈英问："什么事？"

陈星张张嘴，马上又闭拢，摆摆手说："算了，不谈这个。"

陈英悄然叹口气。陈星不谈，就是不想让她知道。这也没什么可奇怪的，上高中后陈星就很少说自己的事，他不说，肯定有不说的道理。姐弟四个建有一个微信群，平时不太有动静，主要发的都是陈星的消息：提拔了、评先进了、儿子成绩多好之类。姐妹三个碰到有难处，才会稍微提一提，向陈星讨个主意。在她们面前，陈星更像个无所不能的哥哥。陈英手在陈星肩上拍了拍，她觉得这样更能安慰他。对这个一出生就被她抱在怀里的弟弟，她已有了几分与母爱类似的情感。"你要小心点，别跟他走太近。"

陈星站起，一下子比陈英高出一个头。他太瘦了，整个人跟竹竿似的，背微微驼着。驼就是老，可陈英比他大十六岁，背却仍挺得笔直。以前许三妹一见宣传队的谁圆肩抠胸，就一巴掌拍过来，吼道："挺起！"这会儿陈英也想在陈星背上拍一掌，但她没有，只是又叹口气。陈星背负的东西太多了，他其实没必要这样。

"姐，你得帮我。"陈星说。

陈英很意外，她能帮上什么？

陈星说："你不能不去城里。章部长现在虽然不在岗了，但她刚退休一年多，人脉还在。你别小看她，她能说会道，能力不是一般女人能比，连很多地位比她高的男人都不如她。市里好几个现任的官员都是她以前培养的。"

陈英点点头。她说不出章久淑这么多好，

但她知道章久淑很好。平时来客很多，每个人来了，章久淑都有说有笑，又从容又得体。认识许三妹，陈英已经吃惊过，十八岁那年嫁到农场，周围那么多女人都有知识有文化，她也吃惊过。她以为天下女人最好的也就那样，已经顶天了，没想到还有章久淑这样的。所以，她怎么可能小看？她配小看吗？

手机响，陈星接起，静静听几秒，然后说："好好，知道了，马上。"

收起手机，陈星说："书记找我，我得马上回镇里。先这样，明天会再来，把你送到章部长家。"

"明天？"陈英有点意外，不是说好回来一周吗？

陈星说："对，明天就回去。"话音未落，他已经转身往外走。很快门外就传来发动机声音。陈英追出去。依癞当年坐的车就是在下山时翻到沟里的，她想提醒陈星开慢点，却只看到陈星的车尾部亮着两盏发红的灯，眨眼就消失了。

五

　　傍晚楼前空地上有几个人，他们只是安静地坐坐走走。陈英把手头事做完出去时，天已暗下来，人都散了。陈英把腿架到齐胸高的石阶上前拉侧拉了一会儿，然后一只手搭住杆，把右腿向上侧踢，踢过头顶，然后定住，单脚撑地。小时候这是她多么轻松就能完全的，如今已做得勉强。许三妹以前总夸她软开度好，其实在不知不觉间筋骨也僵了。

　　第二天陈英早早起来，先把被褥都收好，床用塑料布罩住。锅碗瓢盆昨晚就已收好，衣服也一件件套上塑料袋挂进柜子。以前依瘸说过她什么都好，就是太讲究了不好。前襟不能沾油，衣裤不能有皱褶，锄头必须工整放门后，诸如此类。陈英知道丈夫是怕她累着了，可她不累。后来儿子结婚生子，她曾想去长沙帮忙，儿子马上拒绝，说："不行，你有洁癖，我应付得了，我老婆可没办法应付。"陈英吃了一惊，癖多少算是病吧？日子难道本来不就该这样吗？

看看钟，快七点了，她拿起那个小音箱去篮球场。十几天不在家，音箱一直搁在桌上，昨晚她特地充了电。邻居说，她不在，广场舞都跳不起来。也许这只是一句客气话，她听了心里还是有几分歉意。在一天，就跳一天吧。

但除了她，篮球场没有其他人。冬季太阳起得迟，懒洋洋的，终归越来越亮。七点了，七点半了，八点了，还是没有一个人来。小音箱里存有八十多首歌，都是节奏感特别强的老歌，是儿子回家时帮她下载的。《万泉河水清又清》《我爱五指山我爱万泉河》《北京的金山上》《一条大河波浪宽》《红太阳照边疆》……大部分曾经都跳过，忘了，但音乐一起，就慢慢记起来。以前每支舞都反复排，许三妹说过"肌肉记忆"这个词。原来肉真的有脑子，能记事。但她不会原样跳，跟在她后面的人只需要最简单的动作，否则他们就手脚乱成一团。这样陈英就不需要看视频学了，她把舞步简化一下，随便踩一踩。反正只是为了动一动，出身汗，够了。

没人，还是没有人来。这时手机响，是陈星打来的。陈星问："我到你家门口了，你人呢？"陈英连忙答："马上马上。"说着就小跑起来。远远看到家门外停着陈星的车，前面的车门开着，陈星站在门旁抽烟，正跟一个人面对面说着话，那人是徐右林。

见她走近，陈星说："走吧。"

陈英点点头，进屋把包提起。章久淑衣服非常多，主卧一面墙的衣柜挂满常穿的，还有单独一个房间专门放衣服鞋帽。刚来时陈英看得眼花，借她十个脑袋也想不明白为什么只有一个身体的人，居然需要这么多衣服和鞋子。

她从家里又拿了两双袜子和一套换洗的衣裤，其他就没什么可带了。附近工友围拢来，问"去哪里啊？""什么时候再回来呢？"陈英笑着摆摆手，没有答，就钻进车后座。陈星已经发动了车，徐右林坐在副驾驶位上。喇叭响两声，挡在车前的人一下子散开，车就往前冲了。

一路上都只有陈星和徐右林在说话。陈英有点走神，她在回忆刚才围在车旁的工友都有谁。一个个都是老相识了，熟得似乎化成灰都认得出来，忽然间竟记不起他们的脸。

快到章久淑家时，陈星问徐右林："你确定跟章部长说过今天我们要来？"

徐右林说："肯定说了，上午她在家。"

顿一下，徐右林头往陈星那边伸了一伸，压低声音问："你觉得今天我就跟她提起那事合适吗？"

陈星没有马上答，车正过十字路口，有个交警站在路边对来往的车比划着。陈英知道车内说话并不违反交规，看来陈星是故意不急着回答。徐右林说："既然何书记三十多年前读高中时，住在他表哥家，被章部长照顾过，现在应该不至于不听章部长的吧？"

陈星晃了晃脑袋，还是没答。

车子已经到章久淑家小区外了，还是跟上回一样，保安拦住，徐右林打通章久淑电话，递给保安，保安对着手机嗯嗯答了，放行。上电梯时，陈星说："要不，今天还是什么都别说了。再看一阵子，万一只是风言风语呢？现在你自己一说，反而把事情弄大了，会不会更不好？"

徐右林眉头皱起，长吁一口气，应该是认可了，微微点了点头。

这次陈星和徐右林都没有进门。章久淑开门时说："来了啊，太好了。"这话是对陈英说的。转过脸她看着陈星和徐右林，说："不好意思，我刚才来几个客人了。"陈星和徐右林就明白了，诺诺答着，告辞走掉。

客厅沙发上坐着五个年纪都在五六十岁间的女人，一致的卷发、裙子、纱巾、红嘴唇。

陈英一进门拐进自己的小房间放下行李，然后才出来。章久淑站到客厅茶几旁说："这么巧，我家阿姨回来了。这样，你们中午都别走了，随便吃点吧，面、饺子都有。阿姨手艺非常好——噢她姓陈，名英，我叫她英姐。你们也可以这么叫。"

几个女人扬扬手，说："英姐好。"

陈英身子向前俯了俯，算是回礼。章久淑手伸长在腹前划了一圈，说："都是我们小区的，见过吗？"陈英不敢摇头，只是笑。她来这里才来天，一般只晚上才下楼扔垃圾，那时天黑，就是迎面见了谁，也看不清，何况她根本不敢直视。

指着沙发上一个头发在头顶高高盘起的女人，章久淑说："王惠，退休前是市文化局的局长，现在是舞队的副队长，妖精中的战斗机。"

王惠笑嘻嘻地站起，故意夸张扭几步，手搭到章久淑肩上，做个鬼脸，说："以前是您小喽啰，现在是您小跟班。"

一场大笑，只有陈英只咧咧嘴，她觉得自己不配加入笑。

可能看出她的拘谨，章久淑扬扬手说："你忙你的，煮什么你定，反正冰箱里都有。"

陈英点点头，对女人们笑笑，就进了厨房。她听到外面王惠在问："部长，您之前一直夸的保姆就是她？"

章久淑说："是啊，脑子特别好用，做事利索，而且勤快，很靠谱。你们看我家以前什么时候这么干净过？一是一，二是二，都是她妙手整理的。"

另一个人说："身材也好啊，瘦瘦高高的，腿特别长，肚子也比我小多了。会跳舞吗？"

章久淑笑起："你这个要求也太高了点吧？山里的，老实本分，哪像我们这么庸俗？"

那几个人仿佛被挠了胳肢窝，都笑得非常开心。陈英赶紧把肚子一松，背往前拱。刚才她是不是下意识收紧核心拔背立腰了？以前许三妹总是让她们这样，还让她们在冲出侧幕那一刻，全身要通电般刹时发光，每个毛孔都要参与情绪的表达，眉宇生辉。陈英用手在脸上重重抹一下，刚才自己居然忘了这是章久淑家？居然把那几个女人当成观众？她们都是这小区里的，也就是说至少是市职机关干部的家属，怎么可能成为她观众？

她懊恼地抿抿嘴，然后打开冰箱，取出排

骨和五花肉化冻，再用温水浸泡香菇、蛏干、虾米，又洗了葱蒜和小白菜。五个女人加上章久淑，一共六个人，她大致估算一下她们的食量，煮了一大锅挂面。

餐桌和厨房连在一起，陈英把面端上来后，又独自缩进厨房。昨天她回农场了，厨房没人擦，她得趁这个时间先洗刷一遍。章久淑招呼她一起吃，她摇头。章久淑就没有坚持，看上去章久淑今天兴致特别高，其他女人也一样，边嗞嗞嗞嗞吸面，边大声说着话。

陈英突然一怔。她渐渐听明白了，这个小区有支舞蹈队，章久淑是队长，王惠是副队长，其他几个女人也都是骨干，今天她们到章久淑家是商量一件事：三八节市妇联举办老干部联欢会，她们要排一个节目参加。参演人数多少？请哪个老师来教？一周安排几次排练？穿什么样的服装？用哪个版本的音乐？要不要找人重新编个曲？等等。

她们要跳的是电影《海霞》那首插曲，《渔家姑娘在海边》。

六

　　舞蹈排练厅居然就在小区物业办公室楼上，平时排练时间是每周二、四、六三个下午。前些天是春节假期，很多人不在，她们歇了一阵，现在又要重新开始。

　　那天跳一半舞鞋坏了，章久淑打电话让陈英把新买的一双驼色猫爪鞋送下去。物业办公楼与大门连在一起，二楼那间六十多平米的大房间里安着一整面墙的大镜子，以及把杆和灰色地胶，章久淑她们就是在里头排练。门开着，但陈英只是捏着鞋等在门外。

　　"大海边哎沙滩上哎，风吹榕树沙沙沙响，渔家姑娘在海边哎，织呀织渔网，织呀嘛织渔网……"音乐进行中，二十来个人拿着镂空的黄色斗笠舞动，而章久淑除了斗笠，腰间还多系了一个小竹篓……章久淑是领舞。在她们前方，一个看不清年纪的女人背着她，用双掌一下一下打着拍子，上身跟着左右晃动。

一曲终了，章久淑走近来，喊了一声，陈英才回过神来。她把鞋递给章久淑，还不等章久淑说什么，就一转身急急走掉。

她出了小区大门，向公园走去。是个大晴天，阳光从树叶中穿下来，光影斑驳，像洒了一地碎玻璃。她觉得晃眼，步子迈得有点乱，走到一块微微上斜的草地，猛地坐下了。一开始她只是觉得腿软，需要歇会儿。很快她想起了什么，把小腿别到后面，并拢，跪起，再把屁股压到两个后脚跟上，坐直了，肩下垂，胸腰用上睏，双掌搁在大腿上。小时候每天到校都要做力量和软开度训练，压脚背是必不可少的，脚面还要用一块砖垫高。指尖要有情绪，脚尖要有语言，这是许三妹的要求。可是刚才她站在门口，看到那些女人舞起来时，手指松垮，脚背是懒的，既没立高也没绷直。

电影《海霞》中，《渔家姑娘在海边》的插曲不长，似乎只有一分多钟，但当时她们这个舞蹈却跳了五分二十八秒。许三妹回城找人编曲，前奏、主歌、副歌、间奏、尾奏都延长了，高潮部分管乐齐鸣。中学里当年弹器乐的师生很多，二胡、笛子、扬琴、手风琴、小提琴、大提琴、笙、鼓号都齐全，演出时乐队坐在侧幕内，对着麦克风弹奏，十几个全校嗓音最好的女生则站在乐队后柔情地唱："大海边哎沙滩上哎，风吹榕树沙沙沙响，渔家姑娘在海边哎，织呀织渔网，织呀嘛织渔网……"

　　包括那天在章久淑家吃面的五个女人在内，共有八个人在这段歌词第二次唱起时，斜列两排，斗笠扣在头顶，跪坐地面，背后十几个女人则站成一排大弧形，也一样跪着——就是陈英现在这样跪法，屁股压住后脚跟，以气息带动身子，身子带动双手，先前后划动，然后双晃手，再一前一后打开按下。

　　章久淑没有跪，她这时从前后两排女人间穿过，举起斗笠，上步吸腿转一圈，然后从左至右，快速以圆场步走过。她跳得好不好？当然不好，但比其他女人好，至少节奏扣上了，表情放松，身形没走样。

陈英微仰起头，闭上眼。当年她是怎么跳的？忘了，但她肯定不是这么简单地走圆场步。"大海边哎沙滩上哎，风吹榕树沙沙沙响，渔家姑娘在海边哎，织呀织渔网，织呀嘛织渔网……"旋律在脑子里一遍遍响，她举起手动一动，马上收住，看看四周，按到额头上。

公园里没几个人，谁也没把目光停留在她身上，她松了口气，再把歌曲默唱两遍时，想起来了：踩住"大"那个歌词，她从后面那排大弧形的队伍中冲出，斗笠正面、反面，左右手上下捣着，旁提、晃手、摇臂，再快速串翻。这就是许三妹说的"肌肉记忆"吧？当年无数遍重复练，练得整个肢体与音乐都化为两股完全融合的水了，时光把它们都带走了，却刹时又回来。再往下是什么动作？她看看时间，猛地站起。

已经快五点，她必须赶紧回去。

很险，她刚进门不到十分钟，章久淑就回来了，脸红扑扑的，额上还有汗。

　　洗完澡章久淑坐在客厅沙发上看手机，音乐反复响着："大海边哎沙滩上哎⋯⋯"见陈英把煮好的饭菜端上桌，章久淑端着手机走过来，边吃边继续盯着屏幕。陈英坐在章久淑对面，来的第一天，章久淑就让她上桌一起吃饭。她其实不太愿意，却一直不敢拒绝。如果桌上能多出几个人，就不至于这么不自在了。章久淑既然有儿子，那就应该有或曾经有丈夫，可丈夫却从来没在家里出现过。丈夫呢？陈英有好奇，但没有问。陈星吩咐过，让她不能多说，更不能多问。就是不吩咐，她也懂得分寸。饭很快就被她扒进嘴，站起时，章久淑像是突然才发现她，问："哎，英姐，这歌好听吗？"

　　陈英点点头。

　　章久淑又问："以前这歌差不多人人都会唱，你也唱过吧？"

　　陈英迟疑了一下，摇头。

　　章久淑轻轻"噢"了一声，看不出是意外还是失望。"过一阵我们就要演出，时间好赶，老师都急了。今天这舞第一次成形，专门拍了视频，没想到效果还挺不错哩。主要这次我们请的老师特别好，她以前是专门教跳舞的教授，名气很大，这两年被聘到老年大学。她教我们这些老太婆，真是大材小用了。这支舞就是她自己编的，曲子也是她以前找人配的，我这次又专门找歌舞团的人在机器上重新弄一下，真是不一样了啊。"

陈英捧着碗筷静静站着不动，她知道章久淑只是让她听，并不需要她说什么。

章久淑说："英姐你没想到我会跳舞吧？"

陈英说："嗯。"

章久淑笑起："我中学时是文艺宣传队的，大学时也跳过舞。当了几十年官，退休了现在终于可以按自己喜欢的方式活着了，是不是？小区舞蹈队就是我组织起来的，参加的人都是我们小区里业主，还有他们住在外面的亲戚。她们都很高兴参加，哪个女人没有舞台梦呢？只是以前没有人领头罢了。这绝对是最好的运动，在音乐中既锻炼了身体，又提升了气质，多好。我以前是分管文艺的，全民健身，更要带头。可惜现在年纪大了，缺钙，骨密度偏低，要是早几年恢复跳就好了，是不是？"

陈英说："嗯。"她从来没看到这样子的章久淑，神情都有点接近少女了。之前她见到最大的官是村书记和农场领导，陈星让她来城里，她不想来，却不能不来。来了后见到章久淑，这辈子她不可能再亲眼见到比章久淑官更大的女人了吧。

这时门铃响了，陈英打开门，外面站着徐右林。陈英歪过头看看后面，没有陈星，她觉得应该先跟章久淑通报一下，还没等她过去问，章久淑就从里头喊出来："让他进来。"这么说徐右林要来，章久淑事先是知道的？

他们坐到客厅里说着话。客厅很大，除了角落处摆着三张单人沙发，其余都空着。陈英先是把餐桌收拾好，给他们泡好茶，然后就避进自己的小房间里，但门开着，她伸长耳朵。大部分时间传来的都是徐右林的声音，说着说着突然夹着一阵努力克制的低泣。他走时陈英

170

没有出来，她听到两个人的脚步声。是章久淑把徐右林送出门，章久淑说："这事挺麻烦的。不过也不一定吧？"

徐右林马上说："部长，已经牵连出很多人了，一个一个进去，我担心……"

章久淑说："嗯，如果一开始就知道担心何至于有今天？做官与做人一样，每天都得存敬畏之心。说真的，我可能无能为力。"

徐右林又拖出哭腔了，他说："部长，我可全靠您了，您一定得帮一帮我！"

开门声，然后章久淑说："你中午打电话来时，我就告诉过你，我表弟早上已经给我发微信说过了。我问问吧——这个你带走，不要放这里。"

徐右林说："一点小心意，小心意……"

章久淑大声喊起："英姐！"

陈英连忙跑出。徐右林已经冲进电梯了，章久淑手里提着一个牛皮纸袋，这是刚才徐右林进来，顺手放在门后的。章久淑把它递过来，说："追下去，还他。"

　　纸袋看着不大，却比想象的沉。这幢楼有两部电梯，左边那部正在下行，陈英来不及把鞋跟拉起，趿着鞋就冲进右边电梯。她到一楼时，看到徐右林恰好正爬上停在门厅前的汽车，车门还开着，就跑过去，把纸袋往里一扔，然后转身重新跑进电梯。这个过程她做得非常利索，一点都不含糊。

　　家门还开着，章久淑正站在客厅里打手机，声音很大，显然有点生气。"这种事你还是别管了。他说自己没问题，你信吗？今天他居然拿黄金来送我，哎呀，这不是不打自招吗？也不看看我是谁。之前几十年我管住了自己，如果也像他一样乱七八糟，今天能活得这么轻松吗？能有闲情唱唱歌跳跳舞吗？"

　　陈英走进自己住的小房间，给陈星发了一条微信："你同学徐县长刚才来了。"

　　陈星马上回微信："方便电话吗？"

　　陈英把手机放掌心来回翻转几遍，手指按住边侧，屏幕上出现是否关机的询问，她用手指头点下"是"。

七

　　第二天吃过早饭章久淑出去，陈英才把手机打开。有五十八条未看微信，还有十六个未接语音电话，都是陈星的。之前陈星交代过，哪天要是徐右林单独找章久淑，陈英得告知他。她当时答应了，所以昨天得践诺，但她不想陈星牵扯进来。她不知道徐右林究竟发生了什么，反正不太好。昨晚章久淑那通电话，陈英猜应该是打给远在美国的表弟，也就是徐右林的大学同学。要是清白的，徐右林何必拿黄金行贿？这样的人，只会带坏陈星。

　　手机又响，果然是陈星。陈英接起，陈星压低声音问："你就一个人在吧？"

　　陈英说是。

　　陈星捏紧的嗓门一下子松开，几乎是喊："姐，怎么回事，昨晚一直拨你电话都不通。"

　　"你别跟那个徐县长混在一起，好不好？"这句话陈英想了一夜。

陈星说："他本来跟我约好一起去找章部长的，却瞒着我，自己先去了。这样会影响到我……"

陈英心里一颤，问："他的事跟你有关系？"

"怎么可能！"陈星明显急起来。

陈英马上问："他怎么了？"

陈星说："一个工程的事……唉，挺复杂的，你不懂。"

陈英抿抿嘴，她是不懂，她最不懂的是已经到现在了，陈星居然还要跟徐右林扯在一起。她不能让陈星这样下去。她说："你千辛万苦考上大学，然后有了今天。你自己知道爸妈，还有我和你二姐三姐有多高兴……"

"说这个干嘛？"陈星打断她，"徐右林让你去章久淑家做保姆，你以为是白去的？他就是有事要求章久淑，我当然也有事。是他主动说到时一起去，可他却一个人偷偷去了，气都不通一下。这算什么？求人只有一次的，他求过了，我再去，谁理我？"

陈英问："你找部长干嘛？"

陈星大声嚷起："县里各乡镇马上要大换届了，我不要往上提拨？我都快五十岁了，现在不提，以后还有什么机会？"

陈英说："你已经是副镇长……"

陈星打断她："我不能当镇长？不能当镇党委书记？我不偷不抢不嫖不赌，没日没夜干得比狗还累，能力有目共睹，可是有用吗？你看看徐右林，他中学时每次考试都是抄我的，可他却成了我上级，副县长，副处。"

陈英眨眨眼，正想说什么，耳朵里却一下子静默了。陈星已经中断通话，他肯定生气了。陈星的妻子人不坏，但脾气不好。中学老师得拼及格率升学率，还得管教儿子，对陈星早出晚归整天忙得不见人影一直不满，动不动就吵闹。陈英劝过弟媳几次，但她的话人家怎么肯听？估计暗地里连陈英也一起骂了。没办法，陈英只能心疼陈星。没想到有一天自己也会让陈星生气受委屈。

第二天是周六，一早起来陈英就看到陈星

给她发的微信："方便时打来电话。"

　　章久淑卧室门还关着，可能还在睡，也可能已经醒了，反正都不方便。陈英想干脆等下午吧，下午章久淑照例要跳舞，那时家里就只剩下她一人了。她先做了早餐，然后清洁房间、洗衣服，接着从冰箱里取出鱼肉菜，开始准备午饭。除非出去应酬，章久淑在家晚上都不吃饭，中午这顿就格外重要，得有足够的蛋白质。干活时一般陈英都把手机搁房间里，等到她把午餐吃过的碗碟清洗好，拿起手机一看，陈星在八点多时曾接连给她发了三条微信：

　　"部长今天在家吗？"

　　"部长今天心情怎么样？"

　　"部长今天有客人吗？"

　　已经中午十二点半了，也就是说在四个多小时之前，陈星非常焦急地想知道章久淑的情况，他要干嘛？

　　章久淑已经午睡，这是雷打不动的。陈英觉得这时候绝不能有任何打搅。她给陈星回了微信："不好意思，刚看到。有事吗？"

以前在农场时，陈英也有午睡的习惯。山上有的是时间，她好歹会去躺会儿。到章久淑家后，她就不睡了，也不是故意的，就是不困。儿子厂里中午也有休息，她把手机关静音，发微信问问他一家的身体，工资够不够花之类。然后她在床上做一套瑜伽，再拉一拉竖叉横叉，时间也就打发掉了。但这会儿她却什么都不做，捏着手机等陈星回复。

陈星没有回她。

两点五十分章久淑卧室门打开，她已换好运动衣服，外面披件棉服就下楼了。走之前她说："英姐，今天老师有事不能来，我们自己练。一会儿你下去帮我们拍个视频，我们要发给老师看啊。"

陈英心猛跳几下，问："什么时候去？"

章久淑说："我们练一个半小时，你四点半之前去就行。"

章久淑一走，陈英马上给陈星发微信："我现在一个人在。"

三点二十分她又发一条微信："你有什么

事吗？现在方便。"

手机一点声响都没有。

三点三十分，陈英给陈星打微信语音电话；三分四十分、三点五十分再打。屏幕上显示的都是"暂时无法接通，建议稍后尝试"。陈星没有接。四点零五分陈星终于接起，陈英失声喊："喂喂，你怎么啦？"

当年她听到拖拉机翻下山沟的消息，气喘吁吁跑去，看到丈夫依瘸正被人抬上来，整张脸已经被血糊得辨不清五官，胸口那里凹陷一块……这一个多小时里，她一次次把陈星的脸换成依瘸。她不能再失去陈星。

陈星慢吞吞问："你说我怎么了？"

陈英长吁一口气。真真切切，她听到的确实是陈星的声音。她说："你不接电话，吓死我了。章部长这会儿出去了，你有什么事？"

话筒里呼吸声粗粗地响，好一会陈星才开口："你这个人呀……早上我本来要开车去找的，问你，你不答。我只好自己打电话给章部长，但我没说提拔的事。可能因为徐右林吧，部长一接我电话就很警觉，口气不太好。我只是问她有空吗，想去拜访一下她。她直接说没空。"

"噢。"陈英小声应一句。早上她只知道章久淑一会儿书房一会儿卧室进出几次，究竟忙什么并没在意，也没听到电话声。中午她跟章久淑在一张桌上吃饭，章久淑也没有提起陈星。

这个细节陈星不太相信，问："她一句都没说？"

陈英说："是。"

陈星问："那态度呢？对你态度有什么变化？"

陈英想了想，说："没有。"

"这样，姐。"陈星声音柔和下来，"徐右林连累到我了，最近我再去找章部长，她肯定反感，那样就适得其反。只能靠你了，姐。"

陈英一惊："我？"

陈星说："你知道我们县委的何书记是谁吗？何书记是章部长前夫的表弟——噢，好多年前章部长就离婚了，她丈夫去澳大利亚留学，然后不回国，移民了，所以两人就分了，但关系一直不错。听说她丈夫在悉尼再婚时，她特让儿子去参加，还帮她买一束花给新娘。"

陈英吸一口气，她是第一次听到章久淑婚姻的情况。至于"何书记"，前几天从农场来时，徐右林在汽车里也提起过，原来是县委书记，原来是章久淑前夫的表弟。

陈星说："姐，看来只能你替我先说了。时间上耽误不起，你留个心眼，哪天部长心情好，比如跳舞跳高兴了，你就趁机请她给何书记打个电话。她的话管用的……"

陈英猛地抬头往挂墙上的钟瞥一眼，四点十一分。差点忘了，章久淑刚才吩咐她去拍视频。她连忙冲出门，手机还贴在耳朵上。陈星的声音继续着，她没听太清楚，嘴里答："好好好。"进了电梯，信号一下子消失，她索性就把通话键摁掉。

幸好没误事，排练还在继续。见她进来，章久淑微微颔首。过了一会儿要录视频了，章久淑走过来，递过手机。陈英把自己的手举了举，她有手机。后来她一直庆幸不是空手来的，她用自己的手机拍了视频。

音乐起，章久淑先出场，然后其他人从两边涌上，竖队、横队、圆圈，直至最后的造型，整支舞五分二十八秒。

陈英把视频发给章久淑。章久淑说："我们排练的视频不外传啊，你记得删掉。"

陈英点点头，手在屏幕上划几下，做出删的动作，其实并没有。晚上洗漱好，章久淑进卧室，关上门，很快隐约传来音乐声。"大海边哎沙滩上哎，风吹榕树沙沙沙响。渔家姑娘在海边哎，织呀织渔网，织呀嘛织渔网……"

陈英走进自己的小房间，也关上门。躺进被窝后，她没有马上拿出手机，她想再等等，得忍住。她房间的电视开着，正播放一部外国的电视剧，几个马一样健壮的男人骑着摩托车在追逐，互相开着枪。不知前因后果，她一直不喜欢看如此拼杀的剧，太累。人与人要是都像农场那样不争不抢，天下就又省心又太平了。

　　外面很静，章久淑卧室里有卫生间，没什么事一般不会再出来，但陈英还是等到十二点，这个时候章久淑应该入睡了吧？她关灯、关电视，然后拿起手机，把耳机塞入，点开视频。看了，又看，再看，五分二十八秒无数遍地反复着。曲子和舞蹈队型居然都与过去她跳过的无异，只是动作简化了，减去很多旋转、抬腿与跳跃。曲子变化也大，她说不出哪里变化，反正比以前现场弹奏和演唱丰富多了，一句一句揪住她心肺。她脚趾头在被子里扭起来，腰也缓缓地动。队形、动作、表情、情绪，像一群南归的雁，正从远处越飞越近，直至扇动翅膀扑向她眼眶。

　　她最后一次跳这个舞是什么时候呢？居然一点印象都没有了。陈星的出生给全家带来那么多喜悦，它覆盖了一切。跳过最后的五分二十八秒，她曾经的生活就猛地拐个大弯。章久淑说，哪个女人没有一个舞台梦？她有吗？陈英一下子被自己问住了。曾经铺天盖地的演出，一场接着一场，灯光、幕布、鱼眼台口、下面黑鸦鸦的人头以及一波波响起的掌声，她在意过吗？没有。那时她欢喜的无非是登台可以化好看的妆，眉毛黑黑的，嘴唇红红的，还能穿平时根本不可能有的各色裙子，一闪而过，而已。

心口突然紧起，太阳穴卜卜跳。她错过了什么？

她闭起眼，但醒着，一直到天亮。

八

章久淑晚餐不吃，陈英也不吃。在农场时她本来这顿就吃得少，喝点粥啃个水果就够了。章久淑血糖高了，低密度蛋白也偏高。陈英还好，她来城里第二天，章久淑就安排她做个体检，血糖血脂指标只是接近临界点，但还正常。章久淑劝她，这个年纪了也不能大意，有空多走走路。走着走着，陈英就会走进公园。

公园晚上比白天热闹，几块空地天一黑就被人占去。起初陈英每次都会在跳广场舞的边上站一会儿，这一阵她不看了，来了就直接到无人的角落，手机放地上，调出《渔家姑娘在海边》，循环播放。四处幽暗，没人注意到她，她尝试着伸出手探出脚。草地上旋转使不上劲，但脚掌努力撑住；手舞起会不时撞到树枝，但尽量把幅度做大。一遍，再一遍，又一遍。这个舞当年跳就跳了，像无数其他舞一样，跳过就丢脑后，但现在，那么熟悉的五分二十八秒就摆在面前，那是她漏掉的过去。音乐起来后，所有动作像一台零件四下散开的机器，闲置多年，无人问津，渐渐又一个一个重新收拢，拼接了起来。一开始当然拼得不好，很多动作发不上力，趔趔趄趄，断断续续。没事，她安慰自己，把难度大小不一地减些，转八圈的降一半为四圈，单腿撑的改双腿并拢踮脚立起。她六十二岁了，不是十六岁，但她毕竟还跳得动。远处正兴奋跳广场舞的女人们，还有小区里王惠那群女人，一个个身体扭得跟木棍似的，她们都在跳，她为什么不呢？

那天晚上歇下来时，她看到陈星发来的微

信："你跟部长说了吗？"她回复道："没有。"陈星马上问："为什么？"陈英就不回复了。为什么？她肚子里的为什么比陈星还多。陈星电话就追过来，压低声音说："抓紧，快来不及了。"陈英边往小区走边说："好。"

第二天陈星再问时，陈英答已经说了。陈星问："她怎么答？"陈英说："她说会努力，让你不要再催了。"陈星显然不太信，但也没再问下去，只是说："你要盯紧点，不能开玩笑。"陈英答："好。"

放下电话陈英长吁一口气，这事她跟章久淑其实从未提起过半句。陈星都已经做到副镇长了，陈家祖上从来没出过这么大的官，有什么必要再如此焦急再往上爬？就是像徐右林一样当到副县长又怎样，不是有着更大的危险？她不能让陈星有危险。

章久淑把演出服装拿回来，上衣是有弹性的立领纱布，裤子是雪纱布，色彩是一致的，都是粉红渐变为枣红。章久淑穿上，在镜子前左右转几圈，扭头问陈英："好看吗？"陈英点头。相比较，她以前用日本尿素袋染一下做成的服装真是太难看了，经常起皱，洗时不敢拧，从水中湿漉漉地捞出，挂起，再用装满开水的铝饭盒小心地一点点熨平。

章久淑说："明天我们要去剧场走台，配个灯光，你也跟去吧，到时帮大家管管换下来的衣服。"

陈英说："好。"

第二天上午八点大巴车就在物业大楼外等着了，女人们叽叽喳喳抢着说话，动不动就大笑，声音又脆又亮。陈英坐在最后一排的角落，她没笑，没说话，只是佝起背，抿住嘴。偷偷数了数，十四个，还差人？恰好章久淑站到车头开始清点人数，原来几个住在小区外的人是自己去剧场的，包括老师。章久淑特地强调，老师家在剧场旁，已经先过去等大家了。

从小区到剧场大约三十分钟，车拐进那个拱形大门时，陈英看到上面簸箕大的几个字："市老年大学"。几个穿藏蓝色制服的男女站在门旁，看样子是这里的工作人员，一见她们的大巴开来，立即笑着迎上来，冲在最前面的是个中年男子，不太高，但很精神，三七开的分头梳得非常工整。章久淑先下车，跟他们握手，冲着中年男子喊校长。原来是这里的校长。

空地上有很多女人来去，看上去年纪都不小，腰那里堆着一层层肉，穿着藏、蒙、新疆、胶东等地的服装，颜色鲜艳，头上插着更艳的五色绢花。她们也是来走台配灯光的？

后台侧门旁一个单独的房间是专门给章久淑她们留的，一进去大家就开始换服装。章久淑在头顶扣上齐肩假发，后面扎起，套上发髻，插上粉红绢花。粉红渐变色衣裤与绢花呼应，像变戏法，眨眼间她的脸变长变窄，也年轻了。其他人梳起发髻，穿蓝绿渐变衣，插蓝绢花。陈英俯着身子，把她们换下的衣服一套套捡起，叠好。直起身时，看到一个有点年纪的女人正从门外笑眯眯地进来，微胖，但腰身挺得很直，穿灰毛衣、牛仔裤、白球鞋，额头因为发际线后撤显得格外宽大，花白的头发整齐拢起，在后脑勺盘出一个精巧的小髻。

"老师来了。"王惠叫起。

章久淑马上迎过去，拉拉自己的衣角，转两圈，问："三妹老师，怎么样？"

"好看！"声音沙哑，但很结实，像两把锤子重重往外砸。"快到我们了，走吧，先出去候场。"

章久淑手一扬，高声说："走走走。"

女人一个接一个往外涌，屋里很快空了。在刚才横七竖八的热闹之后，整个房间突然有一种空荡荡的沉寂。陈英呆立一阵，脑里嗡嗡响，手脚都僵住了。三妹老师？刚才自己没听错吧？上一次见到许三妹还是四十六年前，她十六岁，母亲抱着刚出生的陈星，喜不自禁又多少有些抱歉地让她回家，她没一丝犹豫就回了，好像这一刻像一枚渐渐成熟的果，早就在秋天里静静等着她了。那时的许三妹二十七岁，胖，嘴宽大，皮色白亮，腮帮饱满，梳两根乌黑的长辫，细长的眼睛一笑就眯成一条线。四十六年过去，陈英在心里快速做了一个加法，

27+46=73，年纪确实对得上，但不可能这么巧吧？

她俯身把散落地上的发卡、皮筋之类的杂物捡起，再把女人们换下的鞋子都整齐摆好，然后又手按住靠背椅，长吸长呼几口。轮到她们上场了吗？她们在舞台上会是什么样子？

她踮起前掌，猛地一个转身。这一刻她拉开双臂，用上了胸腰，宛若舞蹈中的踏步翻身动作，然后碎步向前，双膝微屈，侧旁腰，双掌提在胯前——她居然还可以脚动身不动地把圆场步走得如此又急又快。章久淑让她守在屋里，可是她管不住自己的脚，脚把她带出屋，一直带到舞台的侧面。

章久淑她们已经在台上，不过并没跳，只是走位，灯的颜色变来变去，对应着她们不同的队形。三道墨绿色金丝绒侧幕从高处一泻而下，陈英站在二道幕后，一抬眼，脑中嗡的一声。多么熟悉的角度，每个节目候场时，大都是从这个角度向台上张望。然后从十六岁那年起，像一把刀切下，她再也没来过。她把头小心往外探，看向台下。每一次队列和灯光的转换，都来自一个沙哑声音发出的指令。她看到那个老师了，正站着在第六排椅子中央，拿着麦克风，素着脸，昂着头，大声对着台上的人和后面控制室的音响师和灯光师喊，另一只手不时举起，用力向下砍或向上甩……许三妹？许三妹。许三妹！小学一年级，陈英就遇到她了，她排练时总是这样，整个人挺拔向上，脖子梗着，背笔直，像面对千军万马的将帅，像一场生死存亡大战役将临之时。这么多年，她经常没来由就想起许三妹，但也没多想，不是刻意回避，就是没在脑子里停留住，走就走了。可是突然间许三妹出现了，就这样站在不远处，像座山向她扑来，沉甸甸地扑到她心口上。

　　"好，现在进入状态跳一遍，表情，情绪拿出来——音响、灯光配合。"麦克风陡然响了。

　　女人们从台上退下，又重新鱼贯上场。前奏起，由舒缓的低吟，渐渐抒情地高扬。海浪，海鸥，音乐在整个剧场环绕，声音有时这边高那边低，有时所有的音箱齐声共鸣，仿佛把人托举起来，轻得像云，晃晃悠悠向天边飞去。"大海边哎沙滩上哎，风吹榕树沙沙沙响，渔家姑娘在海边哎，织呀织渔网，织呀嘛织渔网……"不同的队列出现不同的光源，面灯、侧灯、顶灯交错，灯柱闪烁变幻，台面上浅蓝、深蓝、嫩绿、粉红、玫红的色彩不停转换。暗场时，追光灯罩住章久淑，她面目陌生了，皱纹和斑点也隐去，年纪模糊不清。

陈英脸颊痒痒的，泪，它们像一群冲出围栏的绵羊，缓慢而执着地奔涌。真美啊，这么美。那些年她跳过那么多舞，无论公社还是县里，什么时候有过这样的音响、灯光和舞美？可台上的那些女人，包括章久淑，她们老了，身体僵硬，肩耸着，腰粗腹鼓。她们动作是变形的，却可以享受这样一个可以变成天仙的舞台。

"大海边哎沙滩上哎，风吹榕树沙沙沙响。"她想起来了，除了从电视里，她甚至从来没有亲眼见过海是什么样的，还有沙滩，还有渔网。

她一转身，小跑回到旁边那个房间。但很快王惠跑来，她化了妆、穿蓝绿色服装后，完全变了样，差点认不出来。"英姐，章部长说我们还要再跳一遍，麻烦你去台下帮我们录个视频。老师得盯着台上，没空。"

陈英捏着手机从台侧小跑下楼梯时，章久淑走到台口，手指着她，说："英姐，你过去点，到老师旁边拍，那里位置比较好。"又向远处喊："三妹老师，这是我家阿姨，她视频拍得不错。"

陈英向前再向前，她盯着老师，但对方的注意力却只落在她握在掌心的手机上。

她站到许三妹边上——如果确实就是从前那个许三妹的话，听到自己胸口那里咚咚咚地响。她把手机举起，对着舞台。三妹老师手伸过来，用拇指和食指在屏幕上拉一拉，让舞台整个占满。"这样。"她说。

陈英轻轻嗯了一声。一股浅淡的气味飘进鼻孔了，她悄然长吸，一直吸进腹部深处，然后咽两下口水，像要把气味埋住。这气味她之前是否闻过？

音乐起来了，但很快老师冲着麦克风喊："停，重来。"这时候她看着陈英，问："你手这么抖，怎么拍呀？要不你坐下，手机放在前排椅背上，这样就稳了。"

陈英照做了，她坐下，点开录相，调了大小。听到麦克风喊："哎，来，大家重新开始，好好来一遍。准备，走！"

从剧场回来的车上，陈英把视频传给章久淑，章久淑立即转到微信群里，车内马上就错落响起音乐。"大海边哎沙滩上哎，风吹榕树沙沙沙响，渔家姑娘在海边哎，织呀织渔网，织呀嘛织渔网……"女人们各自盯着手机屏幕，不时惊叫起来："哎呀我这里错了。"或者说："这里太不整齐了。"章久淑则是指名道姓，直接喊谁手太快了、脚迈慢了、斗笠举歪了。

陈英闭上眼，那个腰间系小竹篓、手中舞动斗笠的女子，在心里默默地和着音乐腿跨出，旋转，跳跃，翻身，下蹲，奔跑。现在她手机里已经有两个章久淑她们跳《渔家姑娘在海边》的视频了，第一个她至少已看过五十遍，第二个则是在剧场，在三妹老师身边拍的。

这个三妹真的就是那个许三妹吗？

从车上下来时，章久淑手机响了，她边接起边把手里放服装的包递给陈英，同时扬扬手。陈英看明白了，章久淑让她先回去。该做午饭了，她进门后洗个手直接就去了厨房。十几分钟后章久淑也回来，站在厨房外，靠着门，神情有几分诡异，问："英姐，我们三妹老师你认识？为什么之前你都没说过呢？"

陈英正站在水槽边洗菜，像被戳一针，她蓦地转过头看章久淑一眼，马上又收回。她没想到章久淑会这么问。她不知道怎么答。

章久淑说："刚才三妹老师打电话来问你叫什么名字？多大了？是不是洲尾农场那边的人……原来她以前在你那个农场插过队。她还记得你，太神奇了。你没认出她吗？"

陈英太阳穴卟卟卟地一圈圈往外扩展。真
的就是那个许三妹啊！她唇动了动，又抿紧了。
在剧场里，她没发现许三妹什么时候正眼打量
过她，过后却向章久淑打听。

许三妹居然记得她。

九

两天后彩排，章久淑还是让陈英跟去帮忙。
彩排是第二天下午正式演出的预演，一切都就
位，连化妆师都请来了。是个晴天，中午的阳
光在窗外明晃晃地闪着，因为嫌太亮了刺眼，
窗帘很快被拉上。女人们在房间里叽叽喳喳忙
着换衣、穿鞋、簪花和化妆时，陈英先是穿行
在她们中，取鞋，拿服装，递镜子、发卡、头
花，然后退到角落，双手搭在腹前，独自站立。
这场面，还有浓浓的脂粉味，像一部旧电影在
眼前徐徐放映着，她们的身子在虚实间毫无规
律地闪来闪去。

肩膀突然被拍了一下，她转过头，看到许
三妹。

　　许三妹趴到她耳边小声说："你出来。"
然后就先出了门。

　　那一瞬陈英其实还没回过神，脑子白花花
的，但脚已经不由自主跟了出去。

　　到处是喧哗的女人，化着浓妆，穿大红大
绿的长裙，兴奋地疾走，脸上堆着笑，露出很
多发黄的牙齿。不时有人跟许三妹打招呼，许
三妹抬抬手短暂回应一下，并没停下。

　　楼梯口的拐弯处是安静的，许三妹一直走
到这里才停下，然后转过身等着陈英。

　　陈英缓缓走近，脊柱一点点向上拔起，核
心收紧，背拉直，腰立住，脖子拔长——从前
一下子就回来了：与许三妹迎面相对时，不仅
是陈英，整个宣传队的人都必须把身体往上拎
起，许三妹要求这样。有一刻她意识到现在不
是从前，现在许三妹不会再要求她了，她吸口
气打算松松身子，却猛地收得更紧了。她看到
许三英正上下打量她。

　　"身材还这么好啊。"许三妹说。

　　"后来跳舞吗？"许三妹又说。

陈英迟疑一下，摇头。农场篮球场上的广场舞，不说也罢。

许三妹把头往旁一歪，斜着眼看过来，明显不太信。"我刚才在旁边观察过了，你肢体语言还在。"

陈英一怔，短促地笑笑。肢体语言？刚才她只是帮那些女人做点事，蹲下，或俯身，伸手，收回，做这一切时她注意力都放在她们的需求和东西的位置，没料到某一处还有许三妹的眼光。

"其实……"许三妹停顿片刻，仿佛突然忘了要说什么。

陈英双手垂在腿侧，抿着唇，看过去一眼，垂下眼睑，又看一眼，再垂下。四十六年前最后一次跟许三妹这么近面对时，她才十六岁，个子就已经比许三妹高，如今她六十二岁了，竟然高得更多。这些年她在意过自己的身高吗？没有。抱抱陈星，做做家务，然后嫁给依瘸，去了农场，这些事都不需要身高，不知不觉间原来身体还是悄然往上蹿了。

　　"其实我想过去洲尾找你，一直想。"许三妹下巴向上抬，定定看着远处，"从来没见过舞感和乐感这么好的人，后来也始终没碰到过。你身体的比例太出色了，长手长脚长脖，头却这么小，还有柔韧度、协调性和领悟能力——真的太好了，我都有点嫉妒啊。那时我多想有这么的身材，可是我没有，这是下多大苦功也练不出来的。这就是天赋啊，老天爷选中了你，本来要赏这碗饭给你吃，你却偏偏生在那地方。那时我自己也很不顺，上学后一次练舞摔伤了，伤得很重，髋骨出问题，再也没办法上台了，真是非常沮丧，所以不知道怎么帮你，能帮上什么，就一直犹豫。后来改学编舞，毕业后留校当老师，立住了脚，才终于向人打听。结果你已经结婚了，嫁的人是场长的儿子。当年场长帮过我，让我去小学当民办老师，又说服公社的人推荐我上学。他是我恩人，我不能让他为难。"

　　说到这里，许三妹收回眼光，看着陈英，过了一阵才问："你能明白吗？"

陈英不明白，但她匆匆点下头。

许三妹说："可是你现在这样，我很难过。我有责任……"

陈英笑笑，说："不会，还行啊。"话音一落，她喉咙猛地一紧。还行？真的还行吗？在农场的山上一过几十年，许三妹曾想把她从洲尾村带出来，最终却没有。她结婚了，成了依瘸的老婆，一切都擦肩而过了。如果当初离开那里，她现在是什么样子？

这时一个工作人员跑来，急促地喊："哎呀，在这儿哩。三妹老师快快，章部长找不到您，都急死了。马上就轮到你们队上场了。"

许三妹一拍脑门，"噢"了一声。小跑几步，边跑边回过身对陈英招招手说："你也去，快，帮她们拍视频。"

果然章久淑她们已经在侧幕边候场了。

台下没满座，东一簇西一簇坐着刚退场或准备上场的女人。陈英疾步过去，找了张椅子坐下，掏出手机，还是像上次一样把手架到前排椅背上。音乐起，粉红色的章久淑先上场，转圈，舞动斗笠，两个八拍后，其他穿蓝绿色的才一拥而上。"大海边哎沙滩上哎，风吹榕树沙沙沙响，渔家姑娘在海边哎，织呀织渔网，织呀嘛织渔网……"真好听呀，这么好听的曲子陈英当年也沉浸过，却被她一甩手抛到脑后。胸口绞了一下，疼，双眼模糊了，虚了，什么也看不见。

"咚"的一声响起，全场的人同时尖叫起来："啊——！"

音乐继续响着，舞却停了，女人们在舞台上围成一圈，章久淑正坐在地上。

不知道发生了什么，陈英收起手机，转头问旁边的人，那人说："跌倒了。"

陈英踮起脚，双手按住椅背挤向过道，又向台上跑去。她看到许三妹在前边也匆匆跑着。

章久淑脸皱着，手掐住左脚踝，说："继续，没事，继续吧。"

校长也过来了，俯身问："部长您受伤了？怎么样？"

章久淑勉强笑笑，手掌撑地，想用力站起，

立即被许三妹按住了。"陈校长，"许三妹转头说，"我们这个节目今天彩排得暂停了。能麻烦您派个大点的车，送章部长尽快去医院查一下吗？"

校长马上答："可以。"说着就掏出手机。

陈英已经蹲下，用膝盖顶住章久淑的背。背在微微颤抖，很疼？

章久淑说："去什么医院？不用。还是重新来一次，明天下午还要演出哩。"

许三妹也蹲下，手压到章久淑腿上。"部长，刚才那一下您跌得非常重啊，不能大意。得马上去医院查查，万一有伤，早去早处理，大家都放心。去吧，这样也影响其他队的彩排。"

女人们也说："去吧去吧。"

章久淑抬头看看大家，抿了抿嘴，说："好，我去，但你们继续彩排。"

大车已经到了，校长带着几个穿藏蓝色制服的壮年男人过来。章久淑摆摆手，对陈英示意一下。陈英明白了，手马上插进章久淑的胳膊，站在旁边的王惠也帮忙，把章久淑从地面扶起。左脚已经不能着地，章久淑把左手臂吊到陈英肩上，不让其他人再插手，自己一蹦一跳地向前。车门关上前，许三妹还是想钻进来，被章久淑横出手拦住了。"您管她们！"她说得口气很重。校长说："我去我去，医院那边我已经联系好了。"

拍 X 光片，左脚踝关节骨裂，打石膏固定。从医院出来，车上多出一副轮椅，是医院暂借的。太阳已经落下去，暮色正笼罩着匆匆下班的人和车。章久淑探头看看窗外，问："怎么是往我家开？去老年大学！"

校长小声问："部长，您回去休息吧。要不明天的演出我们就先取消了，等过几个月再说？"

"那怎么行？"章久淑打断他，"演出是大事，大家辛辛苦苦练了这么久，怎么能因为一个人影响那么多人？去老年大学！"

司机为难地看着副驾座上的校长，校长扬了扬手说："那就听部长的。"

陈英坐在后排，前俯着身子，双手把章久淑僵直地横在座位上的左脚兜住，车一晃动，她就加了点劲，又怕用力太重弄疼了章久淑。这时候确实应该先回家呀，为什么要去老年大学？她也不明白。

彩排已经结束了，剧场里空荡荡的，舞台灯光都关掉了，苍白得像一张刚卸掉浓妆的脸。小区的那些女人换下演出服装在台下稀疏坐着，各自看手机，彼此不怎么说话。陈英推着轮椅进来，章久淑坐上面，左脚直挺挺地前伸，已经打上石膏固定的脚腕，又肥又大，白得刺眼。"嗨，我回来了。"章久淑笑嘻嘻地说。陈英看出她是故意的，故意无所谓，故意不在乎。

女人们霍地从椅子上站起，一个个跑过来，冲在最前面的是许三妹。

"急死了，怎么打电话都没接呢？"许三妹对校长看来也不客气。

校长说："不好意思，刚才怕影响医生检查，手机调静音了。"

许三妹盯着章久淑脚上的石膏："这是……噢，这么严重啊。"

章久淑说："没事，小问题，被他们扩大化了。"

校长说："医生再三交代，得静养几个月，明天肯定不能上台了。"

女人们齐声"噢"地叫起，互相对视了一下。

章久淑挥挥手说："抱歉啊，临阵这样。不过没关系，你们明天照样演出。"

许三妹脱口问："没有领舞了，怎么跳？"

其他人也说："是啊，您不在，都不成形了。"

章久淑唇动动，看着许三妹："三妹老师，您看能不能调谁出来领舞？"

许三妹扫了一圈，问："谁可以？"

章久淑说："王惠行吗？"

王惠头连摇几下："我不行，我在群舞里都混得不清不楚，领舞的动作那么复杂，我哪能跳？"

章久淑说："或者三妹老师您上吧。"

"我教得了，但早跳不动了。况且学员演出，老师不能上，这是老年大学很早就定下的规矩，每个队一直严格遵守，我们来打破不合适。"说这话时许三妹先是垂下眼睑看着章久淑的脚，慢慢又抬起头看到台上，然后目光转动，最后落到陈英脸上。"你，你现在也算小区里的人，要不你上？"她问得很小声，但很清晰。

非常安静，所有人都睁大了眼，盯着许三妹，又看着陈英。

王惠大声说："怎么可能？"

许三妹脸转向王惠，说："以前她也是我学生，跳过这支舞，当时就是领舞……"

王惠嚷起："以前？多久以前啊？以前是以前！"

许三妹抿抿嘴，长吁一口气，缓缓说："在我教过的所有学生中，她是形体状态最好的一个，舞蹈的质感也好。当时我对她们的要求跟你们现在不一样，你们重在娱乐，她们却是按吃这碗饭的标准来训练的。说真的，当时她非常非常出色，独一无二的出色。可惜……不过人的肌肉是有记忆的，她基本功很扎实。"

王惠说："再扎实也是老皇历，早忘光了吧。明天下午就演出，怎么跳？"

陈英突然脱口说："我能跳。"这一刻，她觉得全身的血猛地一下都往脸上涌去，那里热辣辣的，仿佛有一堆干稻草被泼上油，点燃了。

许三妹瞄一眼她的脚，说："要不试试？"

过了很久——也许不太久，陈英点了点头。她的眼光也落到自己的脚面，她穿着黑色老北京布鞋。以前，在小学和中学，每次演出，她穿的都是这种鞋。

这时许三妹抓过一顶斗笠往她头上一扣，大声说："去，试试！"

陈英连忙举起双手，像溺水者求救般紧紧抓住帽檐。她戴了几十年帽子，到城里这些天，脑袋却一直敞着，现在重新戴上，一股踏实感刹时就从头顶向下蔓延了。

十

舞台上重新亮起灯，所有人都坐到台下。陈英脱掉外套，里头是紧身黑毛衣，下面是黑运动裤，整个人刹时一缩，像一株突然剥掉几层皮的树木。许三妹走近，手搭到她背上，小声说："以前的动作应该不记得了吧？没关系，动作可以简化点，走位大致在就行。队形和过去一样，没改，音乐也没改，只是重新用电脑混声合成加工过了。试一试，你自己把握啊。"

陈英唇动了唇，短促地笑了一下。然后她俯身把章久淑用的小竹篓提起，系到腰间，从侧面的台阶一步一步登上，站到二道幕旁。等音乐时，她用牙把斗笠沿咬住，揪掉马尾辫，拢起头发，拉高，在头顶后方盘出一个小髻——这是从前的发型啊，从小学一年级一直到十六岁，她都梳这种发型。她觉得那一根根向上的发丝把她整个人一节节往上拉高了。

音乐响了，她猛地深呼深吸两口，提起身

子冲上台。晕眩，空洞，脚下虚无地踩着，恍惚间音乐终结，台上台下一片寂然。

　　许三妹走到轮椅前，俯身跟章久淑说着什么。章久淑过了一会儿才短促地答："再说吧。"

　　女人们接连站起，木着脸往外走。

　　陈英跑下台，推起轮椅。没有人跟她说话，她勾着头，也不想说。天全暗了，路灯初亮，树与房的边缘都是污浊浑顿的。从老年大学回来的路上，车内黑乎乎的，没有声响，偶尔有人说话也是趴在耳边，声音细微神秘，辨不清内容。章久淑也沉着脸一句不吭，到家后就进了卧室。"没事，有事我喊你。"说着就关上门。

　　一会儿陈英的手机响了，是陈星。陈星说："你明天不能去跳那个舞，绝对不能！"

　　陈英问："你怎么知道？"

　　陈星说："徐县长告诉我的。"

　　陈英问："他怎么知道的？"

　　陈星说："章部长告诉他的，徐县长也说

你不能去跳，这太离谱了。"

陈英问："为什么？"

陈星嗓子一下子大了："你知道徐右林现在麻烦有多大吗？你知道章部长帮一下我，对我有多重要吗？你怎么还敢去跳舞？"

陈英说："为什么不敢？"

陈星吼起："你到底真傻还是假傻啊？那风头是你可以出的吗？台上那些都是什么人你不知道？你想想自己的身份，你是谁呀？你干嘛在这时候去得罪她们？"

陈英牙齿轻轻咬住唇，把通话键摁掉了。陈星再打过来，她不接。陈星发了一串微信，每条都很长，她也不看。她知道自己是谁，如果那年不是陈星出生，她没有离开学校，她一点上大学、进中专的可能性都没有吗？上了学，像许三妹一样学舞蹈，即使摔伤，不能跳舞，毕业后也可以教学生跳，那她也许就能在市直机关工作和退休，然后也住进这个小区，成为正式业主，自然而然成为领舞。

陈英向章久淑卧室走去。坐在轮椅上不方

便，比如喝水，比如去卫生间。但走到门外，她猛地立住了。门内传出说话声，章久淑在打电话，显然在争辩什么，声音不大，但频率很快。跟谁打？不知道。说什么？不知道。她其实是想听一听的，却猛地转身离开，心口那里像有无数双手重重掏着。

今天她上了台。

今天她跳了舞。

今天把章久淑的位置取代了。

陈星说你以为自己是谁？她是谁？是谁？已经离开舞台几十年，她确实早不是当年那个陈英了，那一刻她哪来的胆竟敢说自己能跳？敢上去跳？她跳不了了。

手机又响了，这会儿是许三妹。

许三妹说："我微信号就是这个手机号，一会儿你加我。"

陈英没有答。

许三妹说："今天你跳时我录了视频，加微信后我发你，你自己看看。"

陈英还是不答。在台上跳时，她脑中是空

的，没有看到许三妹正录视频，她什么都没看到。若是看到，会吓着吧？会当即停下吧？

许三妹说："软开度还不错啊，跟以前虽不能比，但甩、拧、旋、转的脆劲和韧劲都还在。很好，完全超出预期。就是太拘谨了，明白吗？以前你多灵动，身带手带眼，情绪饱满，整个人完全融在音乐里，今天却没有，今天是僵的，眼里没光……喂，你在听吗？"

陈英轻轻"嗯"了一声。

许三妹说："已经通知下去了，明天上午串排，全队参加。有些地方我还得帮你抠一抠，脊柱的流动感和动作末梢的延展还得注意一下。上午八点半，你们小区的排练厅，记住了，别迟到。"

陈英支吾着，她说："我……还是不去吧？"

许三妹马上说："为什么不去？章部长也承认你确实跳得好。这个女人格局很大，她没任何问题，其他人由她去说服。你今天一出场，六个平转接顺风旗、小射雁亮相，就把她们都震住了，所以你怕什么？确实有点匆忙了，但没办法，你是救场啊。去，明天上午多练几遍就熟悉了。就这么说定了吧，下午演出，章部长的服装你恰好可以穿。鞋呢，看上去你脚跟我差不多，也是 38 码吧？"

陈英又"嗯"了一声。

许三妹说："那就好，明天我给你带一双驼色舞鞋。你一上去，我心就定了。"顿一下，她提高了声音，说："你一上去，整支舞就撑起来了。"

陈英觉得后脑勺那里麻了一下。"你一上去，整支舞就撑起来了。"这话以前许三妹说过多少次啊，她那时太傻，没听出分量。她呼吸急促起来，像有支打气筒一下一下地把气往她体内充。"真的？"她小声问。

许三妹说："我说过假话吗？明天演出我给你化妆！"

电话断了。好一阵陈英才垂下手，把手机抓在掌心，搁在双腿间。很快铃声又响，陈星在那头急切地说："我发了那么多微信，你都没看？"

刚才她跟许三妹通话间，微信叮咚叮咚响了好几次，但陈英确实没看。

陈星说："徐右林刚被带走了……你现在不要跟章部长再提起他，我的事也千万别提。记住，什么都不要说！先这样。"

陈英咧咧嘴，居然有一丝欣喜从胸口划过。徐右林被带走，这个结局还是到来了。恶要是没恶报，这世道怎么可能变好呢？

她把许三妹微信加上，对方马上通过，发来视频。她看到自己了，穿一身黑——那么黑，那么……泪突然涌出，像两道溃坝的水。她用手重重抹了抹，再把巴掌摊到鼻尖外，双掌湿了，但干干净净，她的泪不是浊的。从小到大，她一张舞台照片都没有过，现在却在手机里动起来。腰肢显硬，肩颈偏僵，稳定性不够……但是，但是，她的肢体还是舒展的，旋转是有力道的，她原来真的还能跳。

她把视频收藏了，插上耳机，关了灯。四周暗下来，这么大的世界只剩下手机屏那么小一块在幽幽发出光，光的中央是她，她拿着斗笠，系着竹篓，左旋右转、上提下蹲，穿手，顶胯，盘腰，蹬腿。"大海边哎沙滩上哎，风吹榕树沙沙沙响，渔家姑娘在海边哎，织呀织渔网，织呀嘛织渔网……"多好啊，仿佛把她翅膀也织出来了，她在飞。

她抬头往窗外瞥一眼，夜正越来越深，明天也就越来越近了。明天，她要找章久淑说一说陈星的事。她的弟弟陈星至少到现在为止都不贪不抢不嫖不赌，她为他付出这一切，都是值得的。

明天，她要参加排练，要正式重登舞台。不可能再有这样的机会了，这一生她只剩下这五分二十八秒能重新发一次光了。然后，等章久淑脚好了，她会离开这里，找一个海岛转转，去亲眼看一看大海、沙滩、渔网。

图书在版编目(CIP)数据

仰头一看/林那北著. — 福州:海峡文艺出版社,
2024.11
(独角马中篇轻读文库)
ISBN 978-7-5550-3875-7

Ⅰ.Ⅰ247.5

中国国家版本馆 CIP 数据核字第 2024BL0291 号

仰头一看

林那北　著

出 版 人	林　滨	
责任编辑	余明建	
编辑助理	陈　瑾	
出版发行	海峡文艺出版社	
社　　址	福州市东水路 76 号 14 层	
发 行 部	0591－87536797	
印　　刷	福州德安彩色印刷有限公司	
厂　　址	福州市金山工业区浦上标准厂房 B 区 42 幢	
开　　本	787 毫米×1092 毫米　1/32	
字　　数	86 千字	
印　　张	6.875	
版　　次	2024 年 11 月第 1 版	
印　　次	2024 年 11 月第 1 次印刷	
书　　号	ISBN 978-7-5550-3875-7	
定　　价	28.00 元